# 浮　　光

# 目次

contents

序／

# 當我偶然從窗戶瞥見

## As From My Window I Sometimes Glance

將事件化為語詞就等於在找尋希望，希望這些語詞可以被聽見，以及當它們被聽見之後，這些事件可以得到評判；上帝的評判或歷史的評判。不管哪一種，都是遙遠的評判；然而語言是立即的……

／約翰．伯格（John Berger），《另一種影像敘事》

我的童年時光有兩扇窗戶，一扇朝向中華路這邊，面對第一百貨公司，另一扇則是朝向鐵路和人人百貨公司。後者還卡著我們家的招牌，所以視野總是被遮擋的，不完全的。我有時會想，或許是從這兩扇窗戶開啟我的攝影想像，那是我最早的觀景窗。

大學時擁有第一台相機，當時的我曾幻想過成為攝影師。而我所崇拜的對象是張照堂、阮義忠、關曉榮……。有一回我讀到一篇關於關曉榮先生的文章，提到他北上後一面開計程車，一面四處拍照。就在彼時他接觸到了攝影家尤金．史密斯（W. Eugene Smith）的作品。史密斯為了拍攝日本水俣的汞中毒事件（漁民飲用了工廠排放的污染廢水而導致終身癱瘓），前後在當地住了三、四年，甚至遭受身體的威脅。但他的一系列作品喚醒了某些物事。

大學以後雖然我幾乎把生活費花在買鏡頭、洗照片這件事上，但隨著年紀漸長，我明白成為一個攝影家，特別是以影像帶給人新的世界觀的攝影者，這樣的夢想是不再可能的了。我缺乏面對現實人生時，以鏡頭揮拳的勇氣。

我不是一個很著迷於攝影硬體的人。從大學時代的 FM-10、FM-2 開始，直到現在我的數位相機都不是昂貴的機種，我始終維持購買二手相機與鏡頭的習慣。這個啟發來自多年前鳥類畫家劉伯樂慨然借我一支鏡頭拍鳥，有段時間我幾乎要以為那支鏡頭是我的了，我一直以為他還有別支鏡頭，但並沒有。他始終用這支有著破舊迷彩包覆的鏡頭，爬行、埋伏、追蹤、接近那些讓人心動的，長著翅膀的生物。而有將近一年的時間，這支鏡頭始終在我這裡。

很長一段時間我著迷野外，忘了街頭。幾年前我因為寫小說的關係，開始在各處街頭日夜遊蕩，許多時刻文字沒有出現，影像卻出現了。我又開始了拍電影、當攝影師的幻想。然而我已懂得更實際地面對這樣的幻想，成為一個攝影師是不可能的，但實踐一些只有我自己才做得到、願意做的攝影計畫，卻是可能的。

我一面在圖書館裡閱讀可能找到的影像史資料，開始結識那些拿著相機改變人類視野的關鍵人物，透過閱讀這些經典影像，我默默地發現，那影像史似乎也和人類與自然互動的歷史深度相關。而這部分在台灣，無論在攝影研究或攝影散文中，都較為欠缺。同一時間，我也開始面對自己的影像史：一卷不算長，卻對我來說意義深刻的膠卷。

我把這些文章分成「正片」與「負片」，值得拿到陽光下檢視的，以及放在防潮箱裡不輕易示人的。

尤金．史密斯的攝影生涯極為艱難，他曾在沖繩被炸傷，並且在一九五五年因故從《生活》雜誌離職。史密斯因而得靠接案子拍照維生。他曾在匹茲堡拍照時花了數年的時間，用一萬多張底片拍下該城的每一面。他認為自己在創作攝影版的《尤里西斯》（*Ulysses*）。一九五七年致力於工作的史密斯因服用安非他命提神，而產生了一些精神上的問題，他搬進曼哈頓第六大道與二十八街交接處的一間公寓頂樓。

史密斯發現他的人生觀看角度只剩這一扇窗了，汽車駛過，人們上車下車，郵件投遞，雪花落下……一切他熟悉又每天更替的世界，又開始喚發他創作的激動。他架設了六部照相機瞄準街頭，並且承租他樓下另一個房間。他拍攝窗外看到的世界也拍攝公寓的內部，如練團的爵士樂手與其他房客。他把整幢樓裝滿麥克風，連聲音也不放過。他把這系列作品稱為「當我偶然從窗戶瞥見」（As From My Window I Sometimes Glance），當然，他並不是真的sometimes glance，他是貨真價實的凝視，他可以坐在窗戶旁二十小時不動，把沖曬出來的照片貼滿房間與另一個房間，終成迷宮。史密斯說，這扇窗終究成為他「最後一條依然堅守的壕溝，捍衛心智的壕溝」。

在野外你用望遠鏡時，會有一種遠方事物近在目前的空間震撼。那是因為光學改變了空間距離。但相機不同，它把一個有限的空間平面化，並成為輔助記憶的形式抵抗時間。相機同時改變了我們所面對世界的時空關係。一九七八年紐約現代藝術博物館（MoMA）的攝影部主任約翰・札戈斯基（John Szarkowski）曾策畫一場名為「鏡與窗」的展覽，表面上看來，窗意味著科學上的記錄，而鏡則是攝影者自我意識的反射；但事實上，每幅照片都既是鏡也是窗。

波赫士（Jorge Luis Borges）引用過一句聖・奧古斯丁（Saint Augustine）的話：「時間是什麼呢？如果別人沒問我這個問題的時候，我是知道答案的。不過如果有人問我時間是什麼的話，這我就不知道了。」波赫士說他對詩也有同樣的感覺。而拿了二十幾年的相機以後，我發現自己對攝影術也有同樣的感覺了。

所以我決意寫寫看，並且將這些影響我重大的影像，或我自己生產出的貧弱影像，在你面前展示。據說有人問攝影家布里安・格里芬（Brian Griffin）花了多久拍到一張照片，當時三十七歲的格里芬說：「事實上這張照片花了我三十七年加六十分之一秒。」

我的鏡，我的窗，我的火，我的光。對我來說，將影像化為文字，也等於在尋找希望。

謝謝你偶然或刻意瞥見，這本從第一張影像開始花了我二十四年的書。

# 光與相機所捕捉的

*Hunting Wild Life with Camera and Flashlight*

吉力馬札羅是一座海拔一萬九千七百一十英尺的長年積雪的高山，在西高峰的近旁，有一具已經風乾凍僵的豹子的屍體。豹子到這樣高寒的地方來尋找什麼？沒有人能夠作出解釋。

——海明威（Ernest Miller Hemingway）《吉力馬札羅的雪》

正片

# 光與相機所捕捉的

Hunting Wild Life with Camera and Flashlight

影像評論者伊安・傑夫里（Ian Jeffrey）在《攝影簡史》（*Photography : A Concise History*）一開頭就說：「攝影先驅們從一開始就發現自己面對著一個嚴重的問題——他們所使用的這一媒介的自動性。在當時以及後來，攝影都被視為一項發明，更確切地說，是一種發現，一種對大自然記錄它自身影像能力的發現。那些用於描述此種新方法的新字眼便反映了這一點。相機攝取的影像被稱作『陽光畫』，被說成是『自然的手印』。如果說早先的美術形象是人工的、創造的，**照片則是自然得來的，或捕獲的，就像在野外採集到的標本一樣。**」

在攝影術發明後不久的一八四四至一八四六年間，福克斯・塔爾博特（William Henry Fox Talbot）[1]出版了第一本附有照片的商業著作，名為《自然之筆》（*The Pencil of Nature*），每一幅照片都搭配了一則短文，說明創作方法與經過，書名看起來呼應了傑夫里的說法。但有趣的是，這些攝影作品裡的景象並不涉及較嚴格定義的野地：它們或者是來自中國的雜貨、巴黎的林蔭大道或是旋轉廣場等等。這一切（包括人類所創造出的風景）也算是「自然的手印」嗎？於是我不禁想起那個有點太過龐大，卻總在這些年壓著我的問題：對於塔爾博特，或我自己來說，「自然」意味著什麼？

攝影工具發明之初的攝影師想捕捉「大自然」，第一個面對的障礙是曝光時間。早期的攝影技術如「達蓋爾法」（Daguerreotype）[2]得要曝光十五至三十分鐘，因此能捕捉到的自然是一段時間光線在物體上移動的影像。達蓋爾法拍出的照片最具藝術性格的地方，恰好就是它和人眼所見影像的最大差異處：它僅在「偏狹的視角」中呈現一個正像，其餘角度皆為

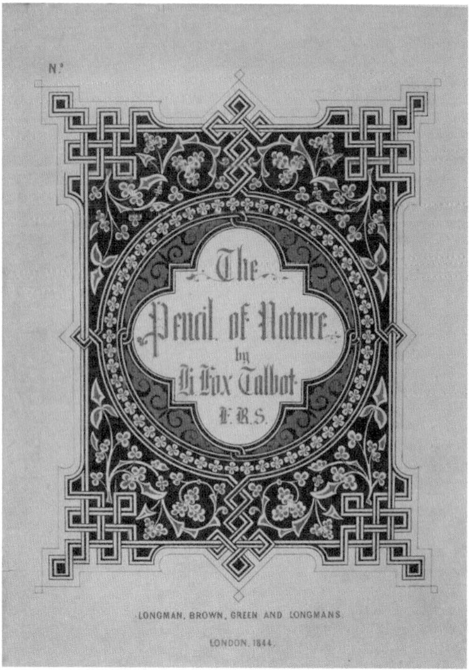


《The Pencil of Nature》書影，福克斯・塔爾博特（William Henry Fox Talbot）著，Longman, Brown, Green and Longmans, London, 1844

負像。攝影術確實捕獲了自然，可它並不完全等同於人眼所見的自然。

煙、鳥的飛行、奔跑的馬、流動的雲、一個美麗女子的微笑，曝光時間長的達蓋爾法甚至沒辦法留下這類一瞬而逝的「自然手印」。直到弗雷德里克・斯科特・阿砌（Frederick Scott Archer）[3]發明了濕火棉膠法（Wet collodion process），人類才開始能抓住轉瞬而逝的須臾之光。憑藉這樣的新技術，一八五五年達爾溫・李維林（John Dillwyn Llewelyn）[4]以一組四張的「運動」照片獲得世界博覽會的銀質獎章，他拍下了海浪、船上煙囪的煙、行人的腳步，這些曾深深印在水手、漁夫、城市漫遊者腦海裡的影像。攝影終於把人們記憶的一部分留了下來，它**看起來**甚至比我們留在腦中的影像更鮮明、更真實。

照片凝止了無時無刻都在運動的自然界，就像林奈（Carl Linnaeus）[5]以二名法歸納生物的特質，達爾文尋繹出演化論的雛型一樣改變了世界。自然從不曾如此這般，被靜止下來反覆觀看，它的片段真正變成了一冊可重複翻讀的書頁。

拍攝「自然」的第二個困難卻不只是技術上的。雖然一八三九年法國政府買下攝影的技術，並且由多明尼卡・法蘭索斯・亞拉貢（Dominique-François Arago）宣告攝影的發明之時，就同時宣告攝影既是一種科學（機械、光學與化學），也是一種藝術。但透過機械裝置複製自然物形象的本質，其中的藝術性究竟何在？

人類本有將自然事物記錄下來的衝動，其中一部分來自於生活需求（我們得認得生存的相關野地訊息），部分則是因為宗教性的。在繪畫史上，畫人類以外生物的歷史甚至比畫人像還要古老。法國拉斯科岩洞（Lascaux）壁上所畫的野牛和羊，古埃及神殿裡的大雁，至今還在克里特島遺跡上跳躍的海豚，波提切利（Sandro Botticelli）[6]的〈春〉（Primavera）裡那個全身披戴花朵、盛裝打扮的季節女神弗羅娜（Flora），幾乎把花的形象和人的形象完美結合了。而提香（Tiziano Vecellio）[7]的〈酒神與阿麗雅德妮〉（Bacchus and Ariadne）中，由於酒神被凡間的阿麗雅德妮吸引而突然現身，以至於驚嚇到她，提香刻意讓畫面中的女子表現出逃避的動作——但中間那兩頭對望的花豹我一直認為是微妙無比的野性慾望的隱喻。在藝術中，人類對自然題材的表現有渴望、激情、恐懼，它既是一個生存的空間，也是難以捉摸的靈魂。但攝影術的出現，卻意味著人類對自然的另一種慾望獲得發展，那就是「了解自然界的原理」。

一八四〇年，法國細菌學家多恩（Alfred François Donné）[8]用顯微攝影機拍攝了骨頭跟牙齒，同一年，美國的醫生德雷伯（John William Draper）[9]則拍攝了第一張月亮的照片，雖然骨頭、牙齒或月亮這些被拍攝物都還是自然界本然的存在，但人們從來沒有用這樣的方式看過它們──在攝影機底下，牙齒彷彿一顆星球，而月亮就像一顆有著美麗紋路的石頭。

人們相信執筆的手受心與腦的控制，但攝影的成像卻如此接近原物，讓人不得不懷疑其中的美的創造者仍是上帝，仍是無為運作的「自然」，相機只是帶我們發現「實證理性」這一邊。這些被拍下的「無名」或「等待被理解」的自然物形成一種新的焦慮，攝影術扮演了協助解謎的角色。透過「機械之眼」（mechanical eye），人們前所未有地得以注視生物生理構造與行為的複雜性。

就像約翰・伯格（John Berger）[10]所說的，照相機在一八三九年發明之時，約略是孔德（Auguste Comte）[11]完成實證哲學論述的時分。自此，實證主義、社會學和攝影術一起成長，竟爾形成了一個共同的信念：「被科學家和專家們所記載下來的可以量化的各種事實，總有一天會提供給人類有關自然和社會的全部知識，人類據此可以駕馭自然界和人類社會。」

只是人們終將發現，在理性與求知慾上，還有一種浪漫的、像渴望愛情時的情感折磨著他們。他們不甘於只看到一種自然物的「影子」，事實上，真的還發現了一些生理結構以外的什麼。這種發現可能來自於直覺，也可能來自於意外。

一八八〇年代，法國生理學教授馬萊（Etienne-Jules Marey）[12]發明了一台特別的相機，由於造型就像一把手槍，他把它稱為「攝影槍」。攝影槍的底片放在一個可轉動的底板上，就像左輪手槍一樣可以旋轉，一秒可以轉動十二格進行重複曝光。他替這種攝影技法取了個名字稱為「時序攝影」（chronophotography）。透過這樣的機器，他拍出了人類撐竿跳時的連續動作，也拍出了鷺鷥降落與起飛時的美麗弧線、大象步行的姿態細節。同一時期，和他出生死亡年份完全一致的藝術家麥布里奇（Eadweard Muybridge）[13]用十數架照相機的連動裝置，拍出那張留名攝影史，馬快速奔跑中的運動照片。然而這次實驗竟只是出於一場賭局——雇用大量華工修築鐵路，後來又創辦了史丹佛大學的利蘭德・史丹佛（Leland Stanford），因為跟人打賭馬匹奔跑時會有一刻四腳騰空，才會委託麥布里奇設計一種攝影機器來證明此事。與馬萊的攝影槍不同，麥布里奇安排了十二架相機在馬奔跑的平行直線上，快門則由跑過的馬所觸發。照片洗出後，果然找到一張相片是四腳騰空的。替史丹佛贏

艾蒂安－朱爾 · 馬萊（Étienne-Jules Marey）作品〈Flight of a Heron〉，約 1880 年代

了賭局的麥布里奇從此拍出興趣，接下來的十年他拍攝了兩萬張以上類似的照片，出版了十一卷的《動物運動》（*Animal Locomotion*）。他發明了一種稱為「動物實態顯示儀」的機械裝置，可以快速連續地放映照片產生運動效果，算是最初步的「動畫片」。

我想當時一定有不少人像我一樣看了麥布里奇的照片後嘆了一口氣：人類竟然這麼晚才真正關心動物的動作。動物的動作如此優雅、渾然天成，無論是人搏擊、花豹奔跑、大象看似遲緩的步行，都充滿著美的線條，那可是生物演化億萬年的成就。而我們終於看到一匹馬奔跑時四足接近肚腹的那一瞬間了，牠離開地面，飛了起來。我相信麥布里奇看到那張照片逐漸顯影之時，他的心也跟著飛行。

以相機窺探生命真理的列車已然起步，就不會再停下來。一八九八年，人們拍下狗心臟跳動的畫面，X光攝影更是直接讓我們可以看到生物的骨骼——那原本只被認為在肉體消亡後，才得以暴露的「內在結構」。而紅外線甚至揭開了原本被夜色籠罩的一切祕密。

我瀏覽這段攝影術加速快門與曝光歷程的歷史時印象最深刻的是，一九〇六年《國家地理雜誌》（*National Geographic*）刊登了七十四幅國會議員夏伊拉斯三世（George Shiras III）[14]的作品，這批作品是第一次拍攝到夜間活動的野生動物。夏伊拉斯三世在事先預想的野徑設置閃光燈與相機，當動物經過時碰到絆索，因而觸發攝影裝置。閃光燈隨即爆發，在黑夜中發出震耳欲聾的爆炸聲和耀眼光芒，這對動物和攝影者來說是一次新星誕生般的天文事件。

一九三六年，夏伊拉斯三世出版了《以光與相機所捕捉的野生動物》（*Hunting Wild Life with Camera and Flashlight : A Record of Sixty-Five Years' Visits to the Woods and Waters of North America*）攝影集，裡頭有近千張在夜間拍攝到的動物照片。由於相機的觸發的瞬間，動物被驚嚇而立即想要逃離的反應，讓照片充滿了一種暗中窺視與緊張氣氛的動態感。另一些照片，則是動物被強大的光源照射得短暫喪失視覺，仍靜靜地站在水邊，展露軀體的優雅，仿若希臘神話中的森林之神。

我最喜愛的一張是三頭受到閃光驚嚇的鹿，牠們瞬間往三個方向分別逃離，因而跳躍停留在空中，健壯的後腿詩意瀰漫，美在夜色中被發現。

攝影者開始發現自然界的詩意後便停不下來，畢竟捕捉動物一瞬間運動狀態的不只是機械，還是心靈。美的喚醒如此獨特，以至於同樣一台機械交給不同的人將獲致不同的結果，

喬治 · 夏伊拉斯三世（George Shiras III）作品，收錄於《以光與相機所捕捉的野生動物》（*Hunting Wild Life with Camera and Flashlight*），1936

而同樣一張照片帶給觀看者的情緒震動，也絕對不是那些一開始希望相機為科學理性服務的人所能理解的。

美國自然文學家貝瑞・羅帕士（Barry Holstun Lopez）[15]說，同樣的兩隻三葉蟲，一隻能讓人「耳中洋溢巴哈的音樂，另一隻喚起的卻是海頓的曲調。」其中的微細精巧絲毫不遜於自然科學的分類學，這種屬於心靈的分類學，更像一種幻影、一種誘惑、一種醚。夏伊拉斯三世因為政治生涯不再順利，才變成一名野外生態攝影家，但他的夜間動物攝影，卻給了生活在城市文明的人類莫大的視覺刺激，就像是人類重返了野地時期睡在樹上、洞穴裡，仍得時時注意聆聽黑暗大地的緊張情緒，和偶爾開啟的神祕經驗。我想多數的美國人記得他，絕不是他曾是個政治人物，而是那些他用相機奏出的「夜曲」，那是夏伊拉斯三世的心靈，也是動物的魂魄，以及所有觀看者的美的啟蒙。

影像是飛行在藝術與科學間的候鳥，不肯放棄任何一個棲地，也不能放棄任何一個棲地。

隨著相機愈來愈輕便，快門愈來愈迅速，相機漸漸和過去的獵槍一樣，成為博物學者行走野地必然攜帶的工具。蘇珊・桑塔格（Susan Sontag）[16]認為拍照和戰爭、遷徙行為有可以類比之處：攝影者得背上相當重量的裝備，對周遭提高警覺，彷彿獵手。而攝影一開始使用的火棉膠本就是一種易燃物，倘若它再加上硝化甘油和丙酮，那可是真正的無煙火藥了。每個野地攝影家的裝備裡，都有火藥的雛型，他們警覺周遭的草動風吹，他們用光和相機捕捉陌生的野地與陌生的生物，彷彿在進行著一種「殺伐旅」（Safari）。

Safari 這個詞據說源自阿拉伯文的 Safariyah，意思是大規模的長途商人旅隊。他們帶著馬、駱駝、飲水、食物、商品、醫藥，甚至武裝穿過沙漠，只為求生。到了殖民時期，Safari 被用來指稱歐洲人到非洲，雇用當地人為嚮導的一種狩獵活動。這種狩獵活動在當時既象徵社會地位，也意在執行一種「洗禮」——已無蠻荒的歐洲，得靠挑戰黑暗大陸的非洲象、瑪薩依獅、南非野牛、犀牛、花豹，才得以確認那靠著掠奪他人才撐得起來的脆弱自信。海明威曾深深著迷這項活動。一九三三年他第一次到非洲進行殺伐旅時，狩獵隊伍共殺死了四頭獅子，他自己則殺死三十五頭鬣狗。這也讓我想起那個曾經駕飛機橫越大西洋，勇氣和美麗兼具如一頭豹的白芮兒・瑪克罕（Beryl Markham）[17]，她原本的工作就是駕著飛機為殺伐旅的人們尋找象群。海明威曾著迷於她，就像著迷於殺伐旅。

海明威一生無法擺脫面對強大獵物時命懸一線那種令人心悸的高潮，然而他的作品又對戰爭殺戮與文明表達了極度的厭倦，這樣的矛盾性一生糾纏著他。最戲劇性地莫過於，他以獵槍終結自己的生命。他似乎就像那頭死在吉力馬札羅山西峰，「上帝的居所」裡，被冰雪所冷凍的花豹，留下的只有足跡與謎團。這或者就像小說裡寫到的吉力馬札羅山的高度（事實上應該是五千八百九十五米，也就是一萬九千三百四十一英尺），既有可能是時代的錯誤，也可能是作家的失誤。然而這一切都無可驗證了。

攝影的殺伐旅通常並未真正執行殺戮（也許有人會說，相機的製造或相片的生產，乃至於相片所引發的開發，背後總有對野地的殺戮存在，這我也同意），但就像當時隨著海權擴張帶著相機來到亞洲、南美洲、非洲的傳教士與人類學家一樣，相機的殺伐旅一方面在「發現」，另一方面，也是帝國主義運用各種方式對「未被發現的世界」進行一種組織、整理，從而將自己的行為合理化，並且確認「觀察者與被觀察者」地位的一種手段。當我背著沉重的裝備進入山林時，偶爾也會想像自己是彼時隨船東來的博物學者，那叢林裡還有諸多祕密等待我去發現、去觀察，並**帶回**文明世界接受歡呼。但事實上沒有什麼物事**被帶回**，這世界一切本在那裡。

阿道夫 · 布朗（Adolphe Braun）作品〈Deer and Wildfowl〉，1865

當人們把非洲象的形象從草原裡放到美術館，成為美術館裡吊掛的一幅照片，這幅照片裡的非洲象並非是原來非洲象的贗品或複製品，雖然牠的長牙和知名的臼齒上的菱形齒冠都和原來那頭被拍的非洲象一模一樣，但以班雅明（Walter Benjamin）[18]的話來說：「它是一種獨立技術活動過程的產物。」這個活動過程包括，在殺伐旅中尋象、獲象、取得角度拍象，然後安然地送回底片、沖出一張相片。也就是說，當觀看者看到一張非洲象的照片時，他不只看到一頭非洲象，可能也目睹了拍攝者如何可能取得這樣一張照片的驚險歷程，只是他不一定知道而已。因此，一張非洲象的照片與在巨大的古堡客廳的牆壁上掛上一顆非洲象的頭顱，將呈現出不完全相同的意義──特別是，不同的美學意義。同樣是權力的占有，相機也許涉及更複雜的信念。

我想起攝影家阿道夫・布朗（Adolphe Braun）[19]那幅稱為〈鹿和野禽〉（Deer and Wildfowl）的照片，畫面裡有一頭鹿、一隻綠頭鴨、一隻雉雞，以及另一隻難以辨識的水禽。這些已然喪失生命的生物，和殺害牠們的獵槍、編織袋與銅管喇叭吊在一起，鹿的頭垂到地上，前肢呈跪姿──整幅照片就像他向來喜愛拍攝的花藝盆栽似的。

但自然不是盆栽，拿著獵槍和拿著相機記錄下這個「靜物畫面」的可能都是阿道夫・

布朗，也可能不是。這樣的想像使得這張照片對我而言，呈現了人所可能決定如何對待自然的雙面性：**可以用火藥可以用光**。

於是拿起相機面對野地的歷史，從快門速度的追逐，到透視知識理性的建立，美學的發現，終於來到倫理的思辨。一張不具備倫理思考刺激的野地照片，才真的跟漁夫、獵人、漫遊者過去對野地的認識沒有差別。

我不禁再次想起《攝影簡史》那段話中迷攝我的兩處：首先，攝影是一種對大自然記錄自身影像能力的「發現」的關鍵技術；其次，照片就像野地採集到的標本。

這兩點竟意外地完全定義了我心目中的生態攝影者所要追求的：他們終其一生在**發現**光與相機所能捕捉的野地與野性，他們終其一生都在**追獵光的標本**。而他們面對自身的照片時，將會追憶、重溫那個他們曾經親臨的現場，然後他們將會發現，自己才是光與相機所捕捉的。

## 註釋

1 福克斯・塔爾博特（1800-1877）被稱為英國攝影之父，他研究出以一張底片（負像）便能夠重複沖曬出正像，而複製出許多張照片的技術，這種技術被稱為卡羅照相法，成為之後攝影術的主流達一百多年。一八四二年塔爾博特獲英國皇家學會頒發「拉姆福德獎」（Rumford medal），來表彰他的成就。

2 達蓋爾法又稱銀版攝影法，是由當時法國巴黎一家著名歌劇院的首席布景畫家達蓋爾（Louis-Jacques-Mandé Daguerre, 1787-1851）在一八三九年所發表的。達蓋爾利用水銀蒸汽對曝光的銀鹽塗面進行顯影，曝光時間約為三十分鐘，後來再經過改良，曝光時間縮短後，才得以拍攝肖像。達蓋爾法拍出來的不但是正像，且影紋細膩、色調均勻、不易褪色，富立體感，但缺點是從不同的角度觀看時，觀看者會看到負像，而這唯一的一張「照片」左右相反、無法複製。由於影像是運用水銀蒸汽在一層薄銀鹽上顯影的，因此容易受損，也可能導致攝影師汞中毒。為了保存銀版，有些攝影師會把照片鑲在玻璃鏡框中。銀版攝影法的技術是公開的，因此很快在世界各地廣為流傳，直到一八五〇年代才被「濕火棉膠法」等新方法取代。

3 弗雷德里克・斯科特・阿砌（1813-1857）原本是個雕刻家，但也鑽研攝影的化學原理，他在一八五一年三月於《化學家》（*The Chemist*）雜誌上發表了「濕火棉膠法」。這個方法是將含有碘化鉀的火棉膠，均勻潑灑在一片玻璃面上，再浸於硝酸銀液，然後趁這個潮濕的玻璃片感光特強時曝光拍攝。接著以酸性物質顯影，用次亞硫酸或氰化鉀溶液定影。他將曝光時間大幅度縮短至二、三秒，成像鮮明細緻，底片又可複製成許多正像片，拍攝人像才變得方便。濕火棉膠法最主要的缺點就是需要用水，因此拍照都得選擇能取用水的場所。這個攝影法風行世界達四十年之久。

4 達爾溫・李維林（1810-1882）是植物學家也是攝影術的拓荒者。他以使用濕火棉膠法拍攝動態的風景而著稱。

5 卡爾・林奈（1707-1778）是瑞典自然學者，現代生物學分類命名的奠基人。一七五三年林奈發表《植物種誌》

（*Species Plantarum*），採用二名法，以拉丁文來為生物命名，其中第一個名字是屬的名字，第二個是種的名字，屬名為名詞，種名為形容詞，用來形容物種的特性，或可加上發現者的名字，以紀念這位發現者，也有負責的意思。林奈用這種方法幫植物命名，後來他也用同樣的方法為動物命名，此種命名法也一直延用至今。

6 桑德羅・波提切利（1445-1510）是文藝復興時期佛羅倫斯畫家。他是金銀藝匠學徒出身，所以在繪畫表現上也很有立體感。波提切利受到梅迪奇家族的賞識，他的著名作品〈春〉與〈維納斯的誕生〉都在這時期產生。但隨著梅迪奇家族的沒落，波提切利轉而追隨反文藝復興的薩佛納羅拉（Girolamo Savonarola），竟焚燬多幅畫作，聲名也隨之衰落。

7 提香・韋切利奧（1490-1576）是文藝復興時期後期威尼斯畫派的代表人物，受拉斐爾、米開朗基羅影響很深。提香的用色大膽，對女性身體的表現豐富而迷人，在人物畫上成就很高。

8 阿爾弗雷德・多恩（1801-1878）是法國細菌學家，他是光學顯微鏡的發明者，也是陰道毛滴蟲與白血病的發現者。

9 約翰・德雷伯（1811-1882）是美國科學家、化學家、哲學家與攝影家。他也是第一任美國化學協會（American Chemical Society）的主席。他對攝影最主要的貢獻是以化學專才改善了攝影的曝光問題，才能在一八三九至一八四〇年間拍攝下第一張清楚的人像，並進而拍攝月球。

10 約翰・伯格（1926-）是英國評論家、詩人、畫家、小說家。他以具馬克思主義的藝術觀評論藝術與攝影，獲得成功。他的小說《G》也曾獲得布克獎，是非常重要的多才能藝術家。

11 奧古斯特・孔德（1798-1857）是法國哲學家、社會學家。他是實證主義的創始人，認為人類的才智是推動社會進步的動力，因此理想社會是全民均具有實證思考的能力，並以企業家或科學家擔任主管，管理社會。

12 艾蒂安・朱爾・馬雷（1830-1904）是法國科學家。他在醫學、航空以及攝影術的開發上都很有成就。他設計了脈搏測試機，並且因為對動物運動深感興趣，而藉助攝影術來觀察。他製造鳥類、昆蟲的飛行模型，因此啟發了他對飛行器的研究，設計出最早的飛機雛型之一，他所創造的時序攝影，也是最早的電影播放器。

13 埃德沃德・麥布里奇（1830-1904）是英國攝影師。他發明了「動物實驗鏡」（Zoopraxiscope），是把連續圖像繪製在一面玻璃圓盤邊緣，然後讓玻璃盤旋轉，投射運動畫面。他使用這種連動攝影的方式，拍攝動物與人像而獲得成功，成為電影的最早啟蒙者之一。

14 喬治・夏伊拉斯三世（1859-1942）是美國賓州的眾議員。離開國會的工作後，他潛心研究生物與夜間動物攝影，獲得很高的成就，他用閃光燈拍下的野生動物，是出版史上第一批夜間動物攝影作品。

15 貝瑞・羅帕士（1945-）是知名的美國自然書寫者，以非虛構作品聞名。他曾獲得美國國家圖書獎，作品常凝視美國文化與自然環境之間的關係。他的知名作品包括《北極夢》(*Arctic Dreams*)與《狼與人》（*Of Wolves and Men*）。

16 蘇珊・桑塔格（1933-2004）是美國重要的小說家、評論家。桑塔格是最具批判力的文化評論者，著名的代表作包括《論攝影》（*On Photography*）、《疾病的隱喻》（*Illness as Metaphor and AIDS and Its Metaphors*）等。

17 白芮兒・瑪克罕（1902-1986）是出生於英國，生活在肯亞的飛行員、探險家。她是第一位駕駛飛機由東向西橫越大西洋的飛行員，並且曾擔任非洲「殺伐旅」尋找獵物的飛行員。海明威盛讚她的《夜航西飛》（*West with the Night*），她也出現在凱倫・布萊森（Karen Blixen, 1885-1962）所寫的《遠離非洲》（*Out of Africa*）之中。

18 瓦爾特・班雅明（1892-1940）是德國籍猶太人裔的文學批評家、哲學家。他受到法蘭克福學派很深的影響，希特勒上台後流亡法國，並在納粹的追捕下在一九四〇年於法、西邊境自殺。班雅明逝世後著作在世界的影響力逐漸加深，被譽為「歐洲真正的知識份子」。

19 阿道夫・布朗（1812-1877）是法國攝影家。他以拍攝花卉靜物、巴黎街道、高山景觀知名。他對攝影的印像技術有很大貢獻，並且透過複製技術讓攝影商業化。

負片

# 光與相機所捕捉的

Hunting Wild Life with Camera and Flashlight

我將用我的餘生來思索，光是何物。

——愛因斯坦（Albert Einstein，1879-1955），約一九一七

從大學開始，除了日常生活外，無論去什麼地方，我都會帶著相機。有太多次突如其來，彷彿鹿的淺淺足跡那樣的影像，就只那麼一瞬，燕子穿過電線與光的間隙，清晨遛狗的人擦身而過，兩隻狗很有默契地回頭凝望對方。雨天後的水窪，一個等著母親接他的孩子蹲著看著自己的倒影。慢跑時一隻彩豔吉丁蟲停在觸手可及的枝葉上，無論如何接近都不願離去。散步到西門町的佳佳唱片行時，一個老人騎著有寬大後貨架的老單車，緩緩駛過已不見中華

商場的中華路。那老人的外套、戴的鴨舌帽，都像我父親也有的那一套。

然而不會咒語，沒有魔杖，沒有相機。影像就此離開，絕無猶豫。

影像不是失物、離去的情人、失去的睡眠、掉了一顆鈕釦的襯衫。但攝影是不帶武器，就無法完成的一種活動。它不像文字，把記憶當成精緻的，可拆卸帶走重組還魂的建築物。影像存在於一時一地，也只存在於一時一地。即使同一個地點、場景，等待一樣的光線……嗯，等待光線，多麼不精準的語言。事實上，地點不可能同一，人物已老去數秒至數天，而光線波長從不曾一致。不過攝影者還是認真地背著相機的重量，等待光線和快門機會的到來。他們心底總有想像的畫面，並且相信那畫面必然在轉角處出現，就像人一生中總會等到一個珍重的告別之吻。

一九九四那年我在空軍官校服役，單位是空軍防警司令部兩么四營本部連。當兵的時候我正是一個彆扭的孩子，想離開家想得要命，浪漫地期待被丟到某個小島上過那兩年，只是我主動要求分配外島時卻被拒絕了。

時間並不是均勻的膠質，當兵的日子過得非常緩慢，但回憶時卻覺得那段時間過得飛快。台灣長久以來做為一個徵兵制的國家，造就了與多數國家不一樣的成年禮傳統，這個島上幾乎有一半的人口曾經、此刻，將要成為軍人，但多數人又不真的是個軍人，也不真願意當個軍人。而這個國家的另外一半人口，都會在初戀、熟女之戀、中年之戀、黃昏之戀時聽到追求者或戀人談起當兵的事，她們似乎都得在愛情裡試著當一次短暫的被剝離者……妳的情人在遠方，那裡得排隊打電話，他變成了一個編號，得重新練習提筆寫信，吻總是留在話筒裡，而他醒來的時候旁邊是另一個男人不是妳。

許多人不曉得空軍裡也有砲兵，訓練時得跳砲操，閒來無事也要擦砲管。只是我們用的是二次大戰時期的五〇機槍跟四〇快砲。五〇機槍勉強算是電動驅動的武器，槍座由四管機槍組成，駕駛座有一名負責瞄準的槍手，兩旁站著負責送彈的送彈手。槍座可以在一定角度內電動旋轉，而槍長則在槍座後方指揮。相較之下，四〇砲更有一種古典味道。它是體積頗大的單管砲車，左右各有一個齒輪式的轉盤，一個調整左右，一個調整上下。每座砲有一個砲長，站在後頭以手勢和口頭同時下令，兩名砲兵則聽令行動，旋轉轉盤帶動齒輪，調整砲管指向敵機。我一直覺得，這種砲的運作與傳統機械相機一樣，已然過時卻有一種令人懷念的氣味。

這樣的機砲此刻已無法準確擊落敵機，它的任務是讓敵機盡量不要飛得太低，直接威脅到跑道。畢竟面對可以飛到萬呎以上的轟炸機，它所連發的砲火頂多像是低空煙火。不過，演習時十餘門四〇砲和五〇槍齊發的景況，確實氣勢驚人，一聲令下，火線在空中形成「彈幕」，地面煙霧漫漫，幾乎不辨鄰砲，讓人激動。

空軍官校的機場一面是一望無際的草坪，沿路都是機堡，只有很少數的 F–5 戰機，多數是看起來有點迷你、可愛的 T–34 和 A–T3 教練機，跑步時可以聽到 T–34 轉動螺旋槳試機的巨大噪音。跟不上部隊的時候，一些老鳥就會躲到旁邊的草叢裡抽菸。跑道盡頭是青綠色的，草總是被勤奮地割除，只有在偶爾大雨後，會發現不同的草種冒出頭來。

偶爾有機會搭悍馬車到鎮上或其他營隊辦理業務時，我總是在外務背包裡偷偷藏著我的 FM–2，和二十四毫米的鏡頭。

一九九四年的某天，當悍馬車繞過村子，經過空軍官校旁時，我在車的後座看到了可能成為一張照片的影像。幾乎沒有遲疑，我拍了拍駕駛兵的窗戶，問他可不可以停下來等一會兒。我跳下車，按下快門，再跳上車。那是一隻死去的兩腿僵直的雞，翅膀微微打開躺在馬路上。透過觀景窗，可以看見雞的眼窩微微下陷。完全是機遇的安排，那死雞的旁邊，恰好有一個印著裸女的空檳榔盒。它就在那裡。

退伍後我才添購微距鏡頭開始拍蝴蝶。在剛接觸生態攝影時，我曾被幾個問題困住。比方說，拍照時沒有你想要的自然光線，是否決定用人工光線補光？而當被攝者不在你想像的「位置」上該怎麼辦？畢竟，雖然很多攝影師會安排人物走動以便構圖，但你沒辦法要求一隻綠斑鳳蝶稍稍減慢牠的飛行速度或停在某一朵花上，也沒辦法要求一隻鶺鴒停在你的鏡頭可及的枝椏上。

不過有些人確實會試著這麼做。我曾看過拍攝者把一隻扇角金龜像小擺飾一樣不斷變換牠在樹葉上的位置，以得到「最好的光線」。也曾聽說有些攝影者會先用捕蟲網抓住飛行速度太快的蝶種，將牠捏暈後放在花上，拉出口器，布置成蝶在吸蜜的樣子。略懂蝴蝶生理反應的人都知道，如果稍微用力捏住蝴蝶的胸部，幾秒鐘後牠就會因為血液循環與呼吸受阻而暫時失去行動力，就像暈了一樣。不過，如果使勁不當，就會聽到牠的胸部碎裂的聲音。

這樣粗暴的拍照行為通常發生在昆蟲身上，或者說，這樣粗暴的行為發生在昆蟲上時，拍攝者最不感在乎。我以為一方面是因為昆蟲的複眼不像哺乳類或鳥類會煥發「生命在此」

吳明益，岡山空軍官校旁，1994

的神采，所以如果姿勢擺得自然，並不太容易發現。而當那張幻燈片打在牆上讓觀看者驚嘆生物之美的同時，牠可能已經是暈眩、死亡的俘虜，只是觀眾一無所知。但鳥就完全不同了，你完全可以「感到」，觀景窗裡的牠是警戒、放鬆，抑或陷入迷惘，或是已然發現你的存在。我想那是因為鳥都有一雙彷彿隨時會流淚的眼睛的緣故。

另一方面，似乎為了拍照而殺死一隻蝶或一隻金龜，罪惡感比殺死一隻雲雀要低得多。這究竟是為什麼呢？

我在空軍官校旁拍的那張照片裡的雞，當然不是我把牠打暈或掐死的。牠應該是不知道什麼原因，從運雞車或雞販的三輪車上跌下而死的。也就是說，我只是個像兀鷹一樣被死亡的氣息所吸引的攝影者而已。我當時確實心安理得地拍了那張照片，甚至於帶著得意的心情跳回悍馬車上。

但後來，當我背著相機走在路上、林道間、河流旁遇上了某種動物的屍體時，我總想起拍那張照片之後的情感反應。如果在觀景窗裡的不是從某個雞農場運出的雞，而是一隻中型仿相手蟹呢？如果是一隻紅嘴黑鵯呢？如果是一頭山豬呢？如果是一頭抹香鯨呢？

如果是一條會威脅我生命的鎖鏈蛇，一頭馱運過二戰軍火的亞洲象，逃過五次獵人槍彈的黑熊，失去角卻逃過盜獵者槍口的蘇門答臘犀牛，一匹有著憂鬱條紋的斑馬，又甚或是一個人呢？如果是一個陌生人，或者是一個我熟識的，曾經在某一刻愛過的人呢？

雖然很多拍生態攝影的人宣稱他們愛自然、愛動物，但我知道那樣的愛跟一般我們稱為愛情的愛有著本質上的不同，它們唯一相同的是，可能都有根本的脆弱性。

在生物學上，有的科學家認為愛情不過是一種血清素效應（serotonin effects）所產生的激動。因為血清素效應會隨著刺激與時間漸漸變淡，因此熱烈的浪漫總有一天得轉變成情感的依附。當愛情轉變成情感的依附時，可能就類似於親族之愛了，有時連性慾之愛都會消逝。

關於親族之愛，我想起著名的「依附理論」（Attachment Theory）。那是英國精神醫學家約翰・鮑爾比（John Bowlby）受到奧地利動物行為學家康拉德・勞倫茲（Konrad Zacharias Lorenz）[1]的「銘刻」（imprinting）理論，和心理學家哈利・哈洛（Harry Frederick Harlow）[2]對恆河猴研究的影響後所提出的。銘刻理論是勞倫茲發現小雁鴨在破卵後，會把一開始聽到的聲音與看到的形態深深印在心版上，因為這對牠的求生萬分重要。這種愛就是從出生開始建立的親情之愛。

一九五七年起，哈洛進行了一系列以恆河猴為對象的研究。他將剛出生不久的小猴帶離母親，並且給予兩個代理母親：一個是以鐵網做成，會提供乳汁的假母親；一個是與母親形象相似，不提供乳汁的絨毛娃娃。哈洛的觀察發現，小猴子會到鐵網母親那邊吸奶，卻會到絨毛母親那邊尋求慰藉。而當小猴子受到驚嚇或威脅時，牠總是選擇緊抱絨毛母親。

「愛的實驗」證明了和自己皮膚觸感相似的擁抱感受，對小猴子而言是很重要的事。當小猴子習慣絨毛母親帶給牠的安全感後，哈洛進行了第三階段的實驗。他讓這些絨毛母親會突然發射水柱、鐵釘攻擊小猴子。小猴子受到傷害後一開始退縮，卻會在下一次被驚嚇需要尋求安慰時仍奔向絨毛母親。只是牠對母親的依附開始顯得猶疑。

哈洛的實驗期非常長，直到這群被代理母親照顧的小猴子長大，繼續到牠們孕育下一代。他發現牠們相對其他正常成長的小猴子，有明顯的自閉、自殘或暴力行為。當牠們生育下一代後，多數母猴都無法像正常猴子給予下一代仔猴親密撫慰的愛。

鮑爾比分析這兩個理論，判斷愛是一種依附。因此在情感上，「必須每一次的分離，不論多麼地短，都產生立即、自動和強烈的反應」，以免失去愛的依附者。你會發現周遭的朋友失去愛的標準反應仍和鮑爾比所說的並無二致：「先是督促離開者回來，然後再**責備他們**……雖然他知道這樣的嘗試是無望的，也知道責備是缺乏理性的。」我發現，這樣的描述放到愛情裡也一樣說得通。

人為親族、愛人的離開感到傷痛是必然的。達爾文（Charles Robert Darwin）說：「成年人的哀傷表情彷彿兩種情緒的矛盾組合：他們像被遺棄的孩子想要吶喊，卻又設法不讓自己喊出聲音。」這使我不禁想到英國基因學者理察・道金斯（Richard Dawkins）[3]所說的：「我們不能期待小孩生下來就知道愛人，這是我們必須教他們才會的。」雖然道金斯認為所有生命都是「自私的基因」（The selfish gene）的產物，甚至連利他行為都是自利行為的一種，但他也說，人類脫離了一般動物的行為準則，是因為文明發展愈久，另一個「文化基因」的影響便愈見強烈，有時甚至使得人類的動物行為受到抑制。

我並非質疑有些人宣稱的對自然界與生物的愛，但那樣的愛的依附，會隨著親疏關係距離而隨之漸淡漸遠，也會因不同的社交情狀而有所調整。我們會因家裡一隻伴隨聯考成長光陰的小土狗過世而悲傷，卻不必然為高速公路一隻被車子撞死的小土狗哀痛；為夏天學飛而死在花園的斑鳩嘆息，卻不必然為探索頻道裡旅鴿滅絕的報導惋惜；因自家花園植物的死亡而灰心，卻不必然為工業開發而導致孕育眾多生命的沼澤地消逝而感到痛心。愛有等差，愛也計較代價，愛有時候甚至被視為是一種道德**或**背德……即使你愛的對象是同一個人。

不過，部分動物或許也會有利他行為或看似肇始於同理心的行為出現，卻不會主動賦予生命互動時的「道德意義」。一群獅子不會考慮牠們狩獵的羚羊是否有絕種之虞，眼鏡蛇不會對自己的殺戮帶有任何的愧疚感，過度繁殖的羊群將草原吃食殆盡，也不必顧慮生態是否崩毀，其他動物是否也有草吃的問題。人類建構了文明，也建構了不再純粹屬於生理需求的心智。這或許是環境倫理學者為什麼說人類是生物裡唯一的「道德主動者」（moral agents）的原因，而成為道德主動者的因素，一來自於情感教育，二來自於知識。

愛是生命撫慰傷痛的基地，因此它是天生的直覺，但卻是上一代的行為，以及我們所接觸到的知識與文化經驗告訴我們，愛應該如何給予、什麼時候給予，才符合你所生存的群體的規則。

多年以後，我再看到那張照片裡的死雞時，想到自己當時或許被某種神祕主義、陌生化或機遇之類的構圖所吸引而按下快門。雲擋住了陽光，影子不在了，某一刻此身將會被稱為屍體，而不再被稱為肉體。但我也同時明白了自己拍下那張照片時，對那隻死去的雞是幾乎不帶感情的，那是一張或許有意味，對我來說卻**缺乏情感有效性**的照片。

當攝影者拿著相機逼近另一個人，多多少少帶著緊張、羞怯、遲疑，並且會考慮被攝者的反應。但拍攝動物卻不用考慮這個問題，因為動物可能會拒絕、攻擊、離去，卻不會質疑我們有沒有權利拍攝牠們的形象，牠們能理解槍的危險性，卻幾乎不可能理解鏡頭的意義。

但隨著我走入山林，逐漸建立自身的山野知識，並且和許多生物產生一種有距離的情感關係後，我開始會思考這些生物的生存處境：我知道寬尾鳳蝶與大紫蛺蝶正面臨著生存的界線，我知道一株紅檜得經驗多少寒暑、暴雨與雷擊才能成為森林的一份子，我也知道遇到一條讓自己懼怖的鎖鏈蛇是危險又是那麼幸運的事。這樣的認知，使得我在面對曝屍林道上的蛇屍時，會有一種沉重的感受；寧可尋找蝴蝶的食草以等待畫面的出現，而不使用傷害性的拍照手段；嘗試用仰視的鏡頭，表現紅檜的孤高與自身的卑微。而無論拍攝什麼樣的動物，我都會試著在觀景窗裡和牠們眼神接觸，即使是死去的動物亦然。我似乎漸漸被教育了，那樣才會留下一張對我自己或對觀看者而言，有效的（effective）照片。

吳明益，彌陀二高村，1994

我想起兩張對我而言有效的照片，都和被拍攝者的眼睛有關。

服役的時候，連上養了幾隻自動會出現在崗哨附近的狗。由於每餐都會留下一些廚餘，餵飽牠們不是問題，而百無聊賴的阿兵哥，也樂得跑步或出操時有狗為伴。其中有一隻我最印象深刻的，叫做小黃。

小黃跟其他患了皮膚病或某些隱疾而顯得瘦弱的野狗不同，牠的毛色漂亮，而且有著一雙少女的眼睛。每回站哨時小黃都會待在哨所旁邊，牠是我們連上站得最久的衛兵。當兵時我非常喜歡站夜哨，因為站夜哨時往往可以聽另一個哨兵講他們的故事，讓我覺得自己像是採集故事的人。

晨跑時有時候小黃也會跟著跑，牠的步伐輕快，三千公尺跟上部隊不是太大問題，不過有時候牠會被長官阻止跟著部隊跑。你如果在那時回頭看小黃一眼，就會看到牠用那雙少女般的眼睛目送部隊離去，你會相信那眼裡帶著一股委屈。

小黃的活動領域除了營區外就是緊鄰營區的二高眷村，有時候放假牠會送我們一直到等公車的地方才回頭。有一回我背相機在二高村閒逛時遇到牠，拍下了一張可能是牠此生唯一的照片。照片裡的小黃正準備走過來對我磨蹭，因為快門過慢的關係牠的身影有些模糊。

後來營裡來了一個討厭狗的主管，要求如果要養狗就得把狗拴住，小黃從此就被鎖在餐廳後面的小小空間，也許是因為這樣，會記得去看看牠的弟兄也慢慢變少（包括我在內）。後來偶爾看到小黃，發現牠染上皮膚病了，嘴角長了一個瘤，眼神黯淡。

某天清晨我聽說小黃死了，那時我剛好在站四六衛兵。幾個弟兄用小推車把小黃的屍體帶到崗哨附近，拿著鏟子就在二高村的邊緣挖起牠的墓穴。我還記得那天早晨空官校的 T-34 教練機正在試車，啪啪啪的螺旋槳聲把整座機場的青草味打了出來，小黃脖子上還繫著細鐵鏈，而牠美麗的眼睛陷成一個凹洞。

另一張則是在柬埔寨的觀光勝地，達松將軍廟所拍的柬埔寨女孩。

柬埔寨是一個從殘酷戰爭與屠殺裡站起來的國家，一個在地的資深導遊告訴我說，在內戰時代，像我這樣戴著眼鏡的人一定會被殺。「沒有什麼原因，就是你戴著眼鏡。」因為當了很久的導遊，他的中文非常標準：「戴眼鏡表示你可能受過教育。」

在吳哥窟每一個觀光景點，你都會看到年紀非常小的孩子使用國語或台語向華人面孔的遊客兜售明信片、T恤或書。他們也會在你進入某個廟宇前偷偷拍下你的照片，然後立刻用一旁小店裡的印表機印下來，貼在粗糙的瓷器上賣給你。他們會像小動物一樣緊盯著你直到完全絕望，那一刻祈求的眼神立刻轉變成空洞，那些孩子會毫不猶豫把你的照片撕下來丟到垃圾筒，準備貼上另一個遊客的照片。

這些年紀很小的孩子未必是以家庭為單位來兜售貨物的，我曾看過一些報導，知道他們或許背後有黑幫控制。半生投入奴隸救援工作的亞倫．柯恩（Aaron Cohen）寫的《這是自由的一天》（*Slave Hunter*），還揭露了柬埔寨可能是此刻世界上存在著最多童妓的國度。童妓的來源除了當地以外，也有從越南、緬甸而來的孩子，年紀通常在八歲到十四歲之間。柯恩為取得犯罪資料，多次親身進入妓院涉險，拍下足以作為證據的照片。他不得不與這些眼睛異常美麗族群的孩子眼神接觸，但總在回到旅館時嘔吐，想起自己或許看到的是《約伯記》裡的「死亡的大門、陰間的門戶」。他說：「如果我可以讓一個小孩陳述她的夢想，我就能知道人口販子還沒有完全毀壞她的靈魂。」他一生都在試著拯救靈魂還沒有完全毀壞的孩子。

在達松將軍廟向我兜售明信片和T恤的女孩並不是雛妓，她可能只是跟我小時候一樣，為幫忙家計而提早「出社會」而已。或許只是我讀過那些報導所引發的多餘反應，但我在她的眼

吳明益，柬埔寨達松將軍廟，2010

裡確實看到不可思議的成熟與衰老，也彷彿看到了其他的什麼，我一直還不能解釋的事。因而縱然她表明願意讓我拍照，但一件T恤換得這張照片，仍帶給我一種莫名的歉疚之感。她知道觀光客喜歡拍他們的照片，她得答應T恤才賣得出去，而我也知道這一點，這或許是關鍵。當我在觀景窗裡接觸到她的眼神時，我就知道這張照片必然會是對我**有效的**，它會跟隨我到失去視力的那一天。

Effective，有效的，一開始這個詞使用在醫學上，到後來竟爾成為一個愛情的或藝術批評的術語。只有妳／你的話語對我來說是有效的，它穿過層層夢與現實的音障成為一種獨特的聲響。我只聽得到妳／你的讚美、嘆息，乃至於離去時無聲的腳步。It's effective.

當攝影者湊上觀景窗的時候，全世界只有他自己知道自己正在看什麼，想看什麼。有意識的被攝者會知道那雙眼睛的意圖，他們透過層層的凹凸透鏡對話，像探礦者從地表上找出礦脈、捕旗魚的投槍手在大海中尋找魚鰭。某些當事人也不知道的情緒被「光」寫在底片上，直到沖洗出來的那一刻，攝影者隱約感到這張照片似乎是有效的，但唯有另一個觀看者站在照片前面，這樣的推測才有了被證實的機會。

站在那樣的照片面前，影子突然和我們身體脫離，它痛苦地蹲了下來，或者發出沒有人看得見的微笑，抑或是掉下比空氣還輕的眼淚，影子記得的事永遠比影子的主人還要多。就像一根吹熄的火柴棒，無意間從照片裡被丟了出來，掉進我們心底那片非洲熱帶稀樹薩王納（savanna）草原，火飢餓地復活了。

我們說這樣的照片是「有效的」、「令人印象深刻的」、「具傷害性的」，it is an effective……，就像妳的讚美、嘆息，乃至於離去時，踏在森林底層那比海洋還要厚的落葉時，無聲的，或像是心的碎裂的腳步。而後我們發現，我們被照片注視著，我們曾經以相機之眼對準照片裡生命的時間僅有一瞬，而他們的眼卻凝視我們一輩子。

出身於西西里的哲學家恩培多克勒（Empedocles）[4]認為萬物皆由水、土、火、氣四者構成，再由「愛」與「衝突」或融合或離間。「愛」使所有元素聚合，「衝突」使所有元素分裂，而宇宙本身則在絕對的愛和衝突之間來回擺動。他也相信人或生物會發散著一種流出物，進入觀察者的穴位使其產生知覺。而光是從眼睛中射出來的，就彷彿它是一盞燈籠，裡頭點著一把火。當我們看世界時，火光穿透充滿水的部分朝外而去，接觸到被觀察者的流出物，於是一切再重回眼中才反映出我們所看到的世界。

當然此刻世界沒有人認為恩培多克勒是對的，但當我拿著相機的時候，卻有那麼一刻我相信他是對的。光是從我們的眼睛出來的，流向世界，唯有如此，這一切才是相機所要捕捉的，才是值得捕捉的。

1 康拉德・勞倫茲（1903-1989）是奧地利動物學家，也是比較行為研究的代表人物。他受老師奧斯卡・海因洛斯（Oskar Heinroth）的影響，建立了現代動物行為學。他研究灰雁和穴鳥（jackdaw，又譯為寒鴉）的動物行為，並發現了剛孵出便立即離巢的鳥的銘刻作用。該現象雖然最早在十九世紀由道格拉斯・斯普拉丁（Douglas Spalding）所描述，但一直到勞倫茲才建立系統化的論述。勞倫茲在一九四九年以前一直稱他的研究領域為「動物心理學」，即後來在動物學上的「本能理論」，不過現在學界多認為他是動物行為學的開拓者。

2 哈利・哈洛（1905-1981）是知名的美國心理學家，以一系列關於恆河猴與母親分離、依附、社會隔離實驗而聞名。但他將未成年的恆河猴隔離的實驗是充滿爭議的，引發許多動物權利團體的抗議。

3 理察・道金斯（1941-）是英國演化生物學家、動物行為學家。他在1976年出版的《自私的基因》（*The Selfish Gene*），引發極大爭議。書中他提出以基因為核心的演化論思想，並加入「瀰」這個文化基因的概念。另外包括《盲眼鐘錶匠》（*The Blind Watchmaker*）、《上帝錯覺》（*The God Delusion*）等書，都在宣揚演化論，反對神創論。他同時也是極出色的科普作家。

4 恩培多克勒（490 B.C.-430 B.C.）為古希臘哲學家。他寫過〈論自然〉和〈淨化〉兩首長詩，以及《醫論》，不過現在都只剩斷簡殘篇。據說他為了證明自己具有神性，投埃特納火山而亡。

# 稍縱即逝的現象

*Ephemeral Phenomena*

正片

# 稍縱即逝的現象

Ephemeral Phenomena

相機從笨重巨大的箱子，得靠挑夫幫攝影師攜帶道具，轉變成家庭必備的生活道具，有一個微妙的歷史轉變。

柯達公司在一八八八年推出第一台個人手持相機「Kodak #1」，發明者是喬治・伊斯曼（George Eastman）[1]，從此以後「柯達跟你走」（Kodak as you go）的廣告標語成真，相機可以隨時跟著你散步、搭電車和登山了。手持相機的出現，讓當時想推動攝影成為新藝術的攝影家史蒂格立茲（Alfred Stieglitz）[2]感到心慌。他批評這種相機不過是讓一般人旅遊時「草草記下攝影筆記」，何況人人都可拍照，不就證實了攝影被視為是「機械創作」，缺乏藝術性的說法？

史蒂格立茲於是和一群攝影師一起反對「隨身相機時代」。他們刻意採用膠彩版（Gum Bichromate Print）、白金版（Platinum Print）這類一般人不容易操作的印相技術，來聲明自己的工藝師（craftsman）身分。原本史蒂格立茲在聲名卓著的《攝影筆記》（*Camera Notes*）工作，一九〇二年，他毅然離開，集合了一批優秀的攝影師：包括日後成為一代攝影大師的愛德華・史泰欽（Edward Steichen）[3]、被稱為現代攝影之母的歌楚蒂・凱斯畢爾（Gertrude Käsebier）[4]等人，成立稱為「攝影—分離」（Photo-Secession），並創辦《相機作品》（*Camera Work*）雜誌，推動了美國的「畫意攝影」（Pictorialism）[5]風潮。

所謂畫意攝影，就是讓攝影表現出與繪畫接近的美學、構圖、氛圍。不過這麼一來，出乎意料地反而讓攝影的藝術地位更無法突顯，它好像是從屬於繪畫藝術底下似的。很快地，史蒂格立茲發現了局限。一九一七年，他受到歐洲人文思潮和攝影家保羅・史川德（Paul Strand）[6]的影響，認為影像如果沒有人文深度，再像一幅畫，也不過是一幅廉價的畫而已。

史蒂格立茲親手解散了「攝影—分離」，把《相機作品》分送博物館、圖書館後，毅然決然燒掉僅餘的庫存，開始尋找屬於自己的新攝影風格。

同一年，恰好也是攝影史上相機量化生產後第一次高峰期。為什麼一九一七年會是相機量產的關鍵年呢？一個說法是當時世界平價相機最大供應商與市場的美國決定參戰了。由於大量年輕人將上戰場，每個家庭都想買一台相機，為那些即將奔赴戰場的孩子拍下可供懷念的照片，或者拍下家人或情人的照片，讓他們帶著上戰場。那年所拍下的或許是歷史上最讓人痛徹心扉的一批照片，許多人對情人、家人的記憶停留在皮夾裡或客廳暖爐上的相框中。但對因戰爭而失去親人的家庭來說，那些「業餘的」手持攝影機，至少幫助他們留下親人稍縱即逝，最後留存的印象。

戰爭不曾離開，此刻不遠處仍有硝煙。想像一下，如果把全世界因戰爭而永久失去生命的照片貼成一堵牆，那會是什麼樣的光景？

照片裡的活物，此刻或有一天都將成「逝者」。蘇珊・桑塔格說：自從一八三九年照相機發明以來，照片就與死亡相伴而行。

美國第一個大規模拍攝印第安人的攝影師，印第安名為「美麗孤峰」（Pazola Washte，Pretty Butte之意）的愛德華・柯蒂斯（Edward Sheriff Curtis）[7]，從一八九六年開始帶著他十四乘十七吋的沉重相機踏遍美國西部與加拿大的部落。他使用玻璃版獨立拍攝了數萬張照片，耗去三十多年的青春、體力和金錢，完成二十卷巨著《北美的印第安人》（*The North American Indian*）。在他的照片裡，一開始阿帕契族（Apache）、納瓦霍族（Navajo）和因紐特人，都仍然穿著傳統服飾，生活在野地中，煥發出一種自尊自傲的神采。但到了一九二七年，一位卡曼奇族（Comanche）的酋長——威爾伯・佩波（Wilbur Peebo），在照片裡穿上襯衫打起領帶，於是我們發現，照片中不只看到個人的消亡，也看到了族群的消亡、文化的消亡。

柯蒂斯為完成這項攝影的民族誌以致窮困潦倒直至去世，但他的精神意識可不窮困。他不但為世人見證了美洲大陸最剽悍族群的餘暉，還見證了北美最大有蹄類美洲野牛群仍奔馳在草原上的一刻。他所留下的攝影筆記的片段，都證明了攝影者真正的心靈滿足可能在於追尋的過程中。他寫到自己坐在阿帕契森林的美麗小溪旁，聽著「無數鳥兒唱著他們的生命與愛之歌。在我伸手可及之處躺著一棵樹，那是昨晚剛被一隻河狸弄倒的，這隻河狸先跑到明亮的地方，看看牠的周圍，又跑了回來。一群憂傷的鴿子飛向水邊，優雅地喝水解渴，隨後又拍拍翅膀飛走了。」

多麼簡潔、美麗而憂傷的文字構圖，讓我不禁想像，那拍拍翅膀飛走的，會不會是曾經遷徙時能綿延五百公里、遮蔽太陽，最後一隻個體卻在一九一四年滅絕於辛辛那提動物園的旅鴿（*Ectopistes migratorius*）？

關於照片與死亡的關係，法國電影評論家克里斯蒂安・麥茨（Christian Matz）[8]曾提過一個多層次的見解。他認為，攝影和死亡在三個方面有聯繫。首先，我們總是保留死者的相片以為懷念；其次是，所有留在影像裡的時刻都已永遠地過去了、死了，我們的一生中總在向所有照片裡的時間告別。而第三點則是，照片是誘使我們進入另一個世界、空間的工具。我們重返死者猶在的氣味、音容、步伐的空間，就靠那張薄薄的平面，彷彿我們離開了活著的時空，進入了死者的世界。

我常常看著非洲草原、南極冰原，或是我們生存的這座島嶼的森林、海洋、溪流的照片，整個人深陷不可思議的微妙情緒裡。我會想像那個時空，或許某些生命仍然與我們並存。比方說，這個島嶼上最傳奇的生物——雲豹。

小說家舞鶴筆下的阿邦・卡露斯確有其人，他就是魯凱族的作家奧威尼・卡露斯盎。奧威尼・卡露斯盎出生於雲豹部落古茶布安（Kuchapongone），根據傳說，這支部落的人原本住在希給巴里基（Shilcipalhichi）這個地方，但因與其他部落衝突，於是翻過中央山脈來到魯敏安（Romingan）暫居。部落領袖布拉魯達安和他的弟弟帶著雲豹推進到舊好茶時，身邊的雲豹舔了此地的溪水後，不願再走，哥哥察覺這個異象，認為是要他們族人定居於此的暗示，於是便要弟弟回去希給巴里基，帶領整個家族遷徙至此。這就是今天我們所說的舊好茶，而這個魯凱族的部落則自稱為雲豹的傳人。雲豹既是他們擁有神祕力量的狩獵助手也是神明，因此這個部落不殺雲豹也不穿雲豹皮。

這個傳說隱約讓我們相信，井部山區的舊好茶部落或魯凱族最早居住的南中央山脈山區，曾是雲豹出沒的棲息地。但魯凱族人畢竟沒有相機，真的看過雲豹的族人又已離世，透過語言，我們只能留下這種美麗猛獸影子的影子。事實上，關於雲豹，我們只有一隻日治時代留下的雲豹標本，一隻在陷阱裡發現的已死幼豹，幾個「疑似」的獸足腳印，和兩張大約在一九〇〇年左右，日本人留下來的人類學式的照片——照片中可能是魯凱族的年輕人，穿

愛德華 · 柯蒂斯（Edward Sheriff Curtis）作品〈An Oasis in the Badlands, South Dakota〉，收錄於《北美的印第安人》（*The North American Indian*），1905

圖片來源：McCormick Library of Special Collections, Northwestern University

身穿雲豹背心的魯凱族人。

鳥居龍藏（1870-1953）拍攝的〈Taiwanese Aborigine leopard fur〉，約 1900 年

著罕見的雲豹皮背心。

時間再往前推移一點，大約一八六〇年左右來台擔任英國駐台副領事的羅勃・史溫侯（Robert Swinhoe）[9]，著迷於這個島嶼特別的，與英倫不同的林相與生物。他總是在山林間踏查並且蒐集標本，為這些他從未見過的生物命名，彷彿在寫一部這個島嶼的野地聖經。一八六二年他發表了一篇極為重要的島嶼生態報告，稱為〈福爾摩沙島上的哺乳動物〉（On the Mammals of the Island of Formosa），裡面提到台灣的獼猴、台灣黑熊、台灣石虎、雲豹、麝香貓等哺乳動物。「雲豹」（Clouded Leopard）這個帶著夢幻色彩的詞，第一次現蹤，日後前頭將被冠上福爾摩沙之名。史溫侯沒有拍下過雲豹的照片，也沒有留下雲豹的標本，他記載的雲豹，究竟是親眼所見或旁聽得來的？並無人知曉。

似乎從此再也沒有人確切見到「活著」的雲豹了。隨著攝影技術的進步，台灣黑熊、石虎這些神祕的生物紛紛留下影像，但就是不見雲豹。眾人皆深信雲豹仍在山間，在台灣的脊樑神祕地穿梭於樹林之中，但就是音訊杳然。千禧年後，屏東科技大學的裴家騏教授和中研院生物多樣研究中心劉建男博士開始一項台、美合作的「追豹計畫」，他們設置超過一千兩百部相機，兩百多道氣味陷阱，就想獲得一點毛髮、足跡、排遺……或者，啊，如果有一張照片多好。島嶼猛獸之王的眼神，那結合殺戮、堅強，既如山脈亦如雲朵的造物奇蹟，興奮時挺直如劍的尾巴，在黑夜中像石頭一樣耐心埋伏在樹上，等待山羌、水鹿經過時，以夢境般的殺意撲向獵物。如果有一張照片多好。但十三年過去了，雲豹的身影仍在黑夜裡。

對生態攝影家而言，以「相機捕捉」（camera traps），或得到（take）、獵取（shoot）到那些罕見、美麗的生物，是一道即使面對絕境、肉體經驗苦痛，甚至賠上生命也夢想達成的使命。擅長拍攝地景的安瑟・亞當斯（Ansel Adams）[10]則說他拍照是因為醉心於「拾獲物」（found object）。我最喜歡這樣的說法，因為常常一張照片的出現既是意外，也是命運。它是被拍攝動物、環境的命運，也事關拍攝者的命運。

早期《國家地理雜誌》是一本以呈現地景為主的雜誌，彼時的編輯方針是：照片必須呈現「世界及其所包含的一切，刊物必須遠離政治、紛爭與主觀主義。」隨著攝影技術的進步，讀者漸漸著迷於後來雜誌演化出的以照片為主的敘述策略，以及「世界及其所包含的一切」的影像敘事：那當然得包括那些活在地景上，讓地景有了靈魂的生物。

對一般人而言，一頭孟加拉虎**只是**一頭孟加拉虎，一隻寬尾鳳蝶**只是**一隻寬尾鳳蝶，牠們不是獨特的個體。人的照片和生物的照片有一個最根本的差別，那就是生物通常只有生物名，而人類有專屬名。通常只有那些和人生活在一起的寵物被觀看者「擬人化」或「個體化」時才被賦予個體名，牠們的名字甚至有性別。我們會在看到朋友的貓咪照片時問：牠叫什麼名字？卻不會在野外問一隻野鳥的個別名字。

然而因照片累積的數量及DNA技術的出現，近年的生物研究已經得以辨識那些重複出現在影像中的個體。瀕危的蘇門答臘犀牛、被長期追蹤的北極熊、智商接近小學生的巴諾布猿，有時被帶著柔軟之心的科學家取了名字。取了名字後，我們可以知道牠們屬於不同家族，從名字推測牠們可能具有的獨特性格，和外表相符的綽號，甚至附帶得到科學家與牠們的互動故事。有時候我想，至少我們稱呼死在辛辛那提動物園的旅鴿為「瑪莎」（Martha），而不是叫牠「最後一隻旅鴿」，我以為這在情感上有很大的不同。

在台灣，像是花蓮黑潮海洋文教基金會的鯨豚辨識計畫，藉由鯨豚背鰭與身體特徵辨識出花紋海豚的名字，開放民眾捐款「命名」，這活動既讓辨識鯨豚的研究繼續，也讓鯨豚有了一個名字。名字讓攝影者、影像和被攝者之間，產生了一種微妙的情感聯繫。當這個名字從屬的個體死去之時，我們似乎要比單純死去了某一隻動物的哀傷要來得深。

在那個即使拍下人像的微笑仍屬不易的時代，拍攝野生動物如此困難。正如之前提過的「殺伐旅」，攝影者和獵人一樣，喜歡把獵取到的風景、生物掛在牆上，成為明信片、私人收藏、文獻和一種經歷與成功的展示。牆上人物的肖像和動物的肖像最大的不同是，動物並無法聽命於攝影者在相機前靜立不動，更別說是主動展示獵食、求偶、飛行、奔馳、夜間飲水等動態活動。因此每一次獵取照片都是**盜獵**。

攝影術語和射擊術語有深度互涉，比方說「上底片」與「上膛」的英文用詞（load）是一致的，而我們卻也可以發現，「拍」一張照片從最溫柔的 find 到最衝擊性的 shoot，恰好也是人類對待自然的幾種姿態。

有很長一段時間攝影者多半只能拍到動物的屍體，那精魄已然離開的、不再美麗的肉體才得以被人捕捉。在攝影術進步後，我手上的相機的精巧已非一百年前攝影者可想像的，但當我在野地裡行走、拍照時，我依然認為，生物沒有被收藏到相片前的樣貌，才是真正自由活著、未被定格的生靈，那野性才是純粹的野性。生命如銀河般發亮且流動，我們無法以一張影像完全代表生命之河，沒有辦法用一張照片代表雲豹。

正如麥茨所說的，攝影與死亡的第三重意義，在於照片彷彿提供了一個不在此刻，卻讓人藉觀看得以進入的空間。拍攝者當然曾在現場，照片呼喚他們的是回憶；而觀看者或許曾到過同樣的地方，有過類似的觀察經驗，或全然沒有。但那一刻他藉由一張美麗的照片進入霧林、冰原、高山橫切風口、夢想裸露飛行的天空，不帶氧氣筒便能自由潛水的深海。那也是面臨絕境的北極熊、蘇門答臘犀牛彷彿還美好活存的空間。非常弔詭的是，當這世界上的北極熊已僅餘最後一口氣，北極冰原或許在未來二十年間即將消逝，我們反而因攝影術的進步而擁有了數以百萬、千萬的北極熊複製照片……；曾經如此被注目，最終卻憂鬱死於柏林動物園裡的克努特，有上百萬張分身在世界各國的孩子的房間裡，牠的身影在提倡節約能源的廣告裡現身。在那些照片裡，不存在著對死亡的敬意，只有對地球暖化的輕薄提醒（輕薄得好像搭電梯時服務人員說小心你的腳步一樣）。

我們擁有的生物照片數量與種類都不斷增多，而我們擁有的生物數量與種類卻不斷減少，這不能說不是真正靈光消逝的事。新月甲尾袋鼠、笑鴞、黑監督吸蜜鳥、獃秧雞、山稻鼠、彎角劍羚、裡海虎、缺斑黛灰蝶……，倘若我們把滅絕動物以及牠們所賴以維生的風景，運用數位後製的技巧或我們腦袋的編織能力放到同一張照片裡，那將是一張絕美，也絕對哀傷的照片，而牠們的名字可以寫成一首詩。

美國家庭為了拍攝上戰場的孩子而買了相機，生態攝影家為了獵取罕見、面對滅絕壓力的動物而不斷升級他們的裝備，攝影術使得被攝物彷彿仍在照片裡「定居」，這使得我們知道某張照片是動物的「最後身影」時，格外感傷。他們此刻就像仍然活在照片裡，只是不在地球上。在那些照片裡的那一刻，這些生命依然展示了無與倫比的活力，彷彿死亡還遠如天鵝星座，最後一眼的困境似乎並不存在。在部分「淺景深」的照片中，我們甚至幾乎要相信世界仍然朦朧靜好，就像一片「美麗的散景」。

史蒂格立茲說：「隱藏在所有東西之下的是自然的法則，在這種自然法則中存在著人類的希望。」那些透過層層疊疊的記憶與技術所留下來的罕見，或滅絕生物的現象、印象與影像，意味著這種希望有時離我們如此接近，有時稍縱即逝。

## 註釋

1 喬治・伊斯曼（1854-1932）是美國伊斯曼—柯達公司的創始人。柯達公司推廣了相機膠卷的使用，伊斯曼則運用從攝影機賺來的大筆財富推展慈善事業。伊斯曼晚年深受病苦，選擇開槍自殺結束傳奇一生，死前留下紙條說：「朋友們，我的工作已完成，為什麼還要等待？」

2 阿佛瑞德・史蒂格立茲（1864-1946）被稱為「美國現代攝影之父」，是《相機作品》（*Camera Work*）的創辦者，知名團體「攝影—分離」以及二九一藝廊的創始者。他對美國攝影的最大貢獻除了推動諸多攝影團體外，還把歐洲的前衛攝影概念引進美國。

3 愛德華・史泰欽（1879-1973）是出生於盧森堡的美國攝影家、畫家。史泰欽以人像攝影見長，常為《生活》（*Life*）雜誌掌鏡，許多政治人物與明星都由他留下永恆的影像。他在一九五五年主持大型攝影團體展「四海一家」（The Family of Man），讓不同攝影師以不同國家的人民為主題，描述了他們的生活、愛和死亡，獲得極大的成功。

4 歌楚蒂・凱斯畢爾（1852-1934）是美國最重要的攝影家之一。她的作品以人物肖像為主，對象普及於一般民眾，而以拍攝母親形象與充滿個人情感的印第安人形象著稱。她也致力於推動美國女性攝影師的團體，因此也有人稱她是「美國攝影之母」。

5 今日回頭觀察畫意攝影的風潮，可以發現它是多方發展的。它影響了自然主義者（Naturalist）、象徵主義者（Symbolist）、還有「攝影—分離」這些攝影家所拍攝的作品。而畫意攝影也不只限定在風景上，這種風格遍及各種題材，在時間上，則持續到一次大戰結束後。畫意攝影最大的貢獻是促使大眾正視攝影，以及對材料與技巧的實踐。而攝影家所提出的理論部分成為印象派攝影的主要理論依據，並在精神上影響「直接攝影」（Straight Photography）和「純攝影」（Pure Photography）等觀念。

6 保羅・史川德（1890-1976）是美國攝影家與電影製片人。史川德認為影像可以成為社會與政治改革的工具，後來投入記錄片與新聞影片的拍攝。他最具話題性的作品是一九四二年完成的《國土》（*Native Land*），批判了美國的法西斯主義。他除了拍攝美國都市景觀外，還遍及歐洲及非洲，以廣大的庶民為關懷的對象。

7 愛德華・柯蒂斯（1868-1952）是美國拍攝西部與北美印第安人最知名的攝影家。他在十二歲時為自己製造了第一部相機，從此走向攝影之路，被認為在人類學、攝影術、藝術圖書等方面都達到了極高的成就。

8 克里斯蒂安・麥茨（1931-1993）是法國知名符號學家。他以研究電影語法及符號學解釋著稱，以佛洛依德（Sigmund Freud）與拉崗（Jacques Lacan）的理論來解讀影像。他在一九九三年以自殺辭世。

9 羅勃・史溫侯（1836-1877）是英國的外交官員、博物學者。他曾長期擔任廈門、打狗領事，期間調查了這些地方的哺乳動物與鳥類生態，並發表了最早的中國與台灣鳥類名錄，台灣的鳥類有超過三分之一已在他的調查中建檔。他的報告在人類學、生物學、歷史學上都有重要意義。

10 安瑟・亞當斯（1902-1984）是生於舊金山的美國攝影家。他曾參與知名攝影團體 f/64 的創立，並提出「分區曝光」的概念。他最知名的作品都以拍攝優勝美地國家公園為主，並曾獲美國頒給公民最高榮譽的「總統自由勳章」。

負片

# 稍縱即逝的現象

Ephemeral Phenomena

在無意識中，沒有任何事物會結束，沒有任何事物會成為過去或被遺忘……。

——佛洛伊德（Sigmund Freud）《夢的解析》（*Die Traumdeutung*）

作家躺在病榻上看報，無意間讀到一篇評論，評論中寫著，維梅爾（Johannes Vermeer）[1]的畫作〈台夫特即景〉（View of Delft）中，有一小片黃色牆壁，細部畫得極好，精緻到可以媲美一些珍稀的中國畫。

〈台夫特即景〉是維梅爾非常特別的作品，因為畫家留下的近四十幅畫作多半以室內空間為場景，畫中人物則常是沉浸在演奏樂器、寫信、倒牛奶等家庭生活瑣事裡，而這幅畫卻

維梅爾（Johannes Vermeer）的畫作〈台夫特即景〉（View of Delft），1660-1661

是維梅爾少數的風景畫。

作家於是抱病去了一趟美術館，把自認已瞭如指掌的畫再看一遍。他就像一個追捕黃色蝴蝶的孩子一樣凝視那塊黃色的牆，回家後他病得更嚴重了，臨終前說：「我應該要那樣寫才對……我最後這幾本書太枯燥了。應該多上幾層色彩，讓語言本身就像這一小片黃色牆壁一樣珍貴。」

這個作家就是普魯斯特（Marcel Proust）[2]。我曾迷惘，普魯斯特為什麼說「我的書是一幅畫」，或「我的小說是一幅圖」，他的小說明明是一條河啊。後來我才明白，他自信極了，他知道自己的小說已經很接近〈台夫特即景〉中的那一小片的黃色牆壁，他知道自己所寫下的，每一個稍縱即逝的小細節，將給世人留下難以忘懷的印象。

養成看照片的細節，以至於一張照片往往讓我看上很久，絕對是史蒂格立茲的緣故。大學時為了尋找當時編班刊的封面照片，和同學一起去攝影老師家拜訪，以便求得老師的作品。說坦白話當時老師給我們的照片讓人失望，拍的好像是沙畫之類的東西，雖然畫面抽象符合我們的需要，但說不上動人。老師家客廳昏暗，走廊盡頭有暗房，架上擺放的盡皆是攝影書。我心不在焉地聽著同學跟老師攀談，隨手翻書，無意間一個看起來正落著微雨，或是起著大霧的陌生小鎮的畫面朝我打開。攝影者非常巧妙地抓住這種陌生感與稀薄的荒涼感，舉起相機，按下快門。多年之後，我在圖書館再次看到了這個攝影師的攝影集，才知道他就是史蒂格立茲。

史蒂格立茲在一八八一年時舉家移居德國，隔年開始修習機械工程學，他在這段時間接觸到攝影，並靠著對化學的興趣鑽研出獨特的暗房技術，一舉把曝光、顯影等工序縮短到只需要三十七分鐘。三十七分鐘，現在當然看起來似乎還是很漫長，但要知道，當時攝影這個行當和報紙、雜誌業是分不了干係的，當影像沖曬從數小時變成三十七分鐘，「即時性」立刻大增，影像生產的速度，就這麼漸漸超越文字生產的速度了。

我還記得高中時一般人要把底片拿到相館沖洗，大概得等上兩天。那兩天總讓人心焦，在那卷膠卷裡的朋友或親人常會對攝影者詢問：「照片洗出來了沒？」

還沒。

於是彼此又靜靜地回到自己的生活裡等待，在照片沖出來之前，沒有人知道某張照片拍得如何，有沒有晃動到，拍照時是否閉上眼睛。但擔任攝影的人隱隱會有印象，因為在按下

阿佛瑞德 · 史蒂格立茲（Alfred Stieglitz）作品〈Sun Rays, Paula Berlin〉，1889

快門的那一瞬間，觀景窗裡的形象暫時性地收到腦海裡。他吃飯的時候想，那張照片拍得好不好呢？走路時想，我有沒有抓住女孩微笑的瞬間？有沒有抓住那個老人疲憊的眼神？有沒有抓住雨、霧、煙、雲？直到睡覺前還在想。不過記憶還是就那麼淡去了，就在快要完全忘記的第三天，相片終於真的「被看見」了，時光重返，迷路的孩童發現家正在前方。

史蒂格立茲吸引我的就是那種時光重現，某種物事卻一逝不返的氣味。他的拍照風格有好幾次的轉折，我特別喜歡晚期有一系列叫做「同義詞」（Equivalents）的作品，裡頭盡是天空和雲的各種抽象形態。史蒂格立茲認為這些自然景象是免費、每個人都能看到的美，而且俱皆是「稍縱即逝的現象」（Ephemeral Phenomena）。我看著照片時總是想像，史蒂格立茲按下快門時，是否已經知道那些雨滴的形狀、風的動向，以及化為六角形結晶體飄落的雪，會在他的照片裡顯影出怎樣的氛圍，那些影像會不會是他早已預期的畫面？

除了這些拍攝雲霧影像的作品，史蒂格立茲早期有一張像是在日常家居客廳一角所拍的女子照片，也非常吸引我。畫面裡一名女子面對窗戶獨坐在小圓桌前，牆上貼了幾張照片，掛了一個鳥籠，和三張像是心形的卡片。牆上照片中包括一名男士，和兩張一模一樣的風景照。小圓桌上放了一張裝了框的，可能是女子自己的照片，也和牆上的某張照片重複。壁紙和桌巾的花色乍看非常相近，但仔細一看就會發現不同。窗戶向內打開，外百葉窗轉到某個傾斜的角度，因此光柵灑了進來，此刻女子正在寫些什麼，我當她在寫信，因為她的神情像在寫信。

這是一張小說式的照片。史蒂格立茲的照片裡有音樂，看著看著就出現像風中的鬱金香枝那樣纖細的樂句，也有像普魯斯特的小說一樣，河流式的情緒，與迷人的小細節。從窗戶走進來的光線，主人翁正在寫信的情境，如此像維梅爾描繪日常的畫作。這並不讓人意外，因為他在「攝影—分離」時期，確實追尋過如畫的影像表現。

維梅爾畫中的光線常被認為有一種美麗的「珠光」，據說這是畫家將具透明感的顏料一層一層細心塗上去，所產生的效果。一些評論家認為，這很接近早期相機因為抑制光斑能力不足，所產生的微妙光暈。

維梅爾許多畫的構圖都相當一致，人物約在中間或偏右的位置，通常以牆面為背景，而光線從畫面左側的窗戶斜斜走進。他喜歡畫女性和她們的家庭活動，色彩以黃、藍、灰為主。在那個以為光線是一種粒子的時代，維梅爾以無與倫比的耐心，重現了光的粒子，以及好像把每一個粒子都仔細打磨過的色澤。

維梅爾有一位相伴一生的好友，那便是發明了顯微鏡的魯汶霍克（Antonie van Leeuwenhoek）[3]。雖然沒有直接證據，但研究者相信他在魯汶霍克的身上學到了不少光學的概念，運用在繪畫上。維梅爾的每一幅室內畫都捕捉了光進入一個沒有光的居所的瞬間，而〈台夫特即景〉更是這種光線實驗的極致。可能是在午後的時分，在高空帶著水氣的烏雲，和下層的白色雲之間，夾著藍色的天空。普魯斯特抱著病軀所凝視的那面黃色的牆，可能就位於「鹿特丹門」（Rotterdam Gate）的兩側。這三小塊黃色牆面的光影，據說非得親臨現場看原畫，否則難以領略細節之美。

也許是心理作用，我一直覺得〈台夫特即景〉，很像是某個角度的淡水。

在我高中的時候，淡水還是很遠的地方。彼時士林也還有火車站，從士林的火車站搭車到淡水，沿路會有不少女學生上上下下。二十幾年過去了，我已經完全忘記北淡線火車沿途的景象，但仍然記得其中一兩位女孩上下車，或是老婦擔著扁擔挑著剛摘採的蔬菜上車的畫面。彼時我還沒有相機，所以現在回憶起來，有一點像路邊熟悉小攤的氣味，只有自己能掌

吳明益，八里，1989

握到那種游移的清晰感，卻難以傳訴。等到我擁有自己的相機時，北淡線已經拆除，我腦海裡的細節逐一消失，包括那些在記憶畫面裡女孩的眼神，暈開了，告別了，睡眠了。

大學修習了攝影課程以後，淡水變成我最重要的取材地點。我還記得老師給的第一個作業題目叫做「三的暗示」。照片得從拍攝到沖洗都自己完成。他特別叮嚀，照片拍什麼並不重要，他要求的是一張有黑白層次的照片，清晰的、不晃動的照片，並且特別規定快門要用三十分之一秒。三十分之一秒有人稱為「危險快門」，那是一個手持相機晃動的時間界線。

很多同學都在教室或校園裡隨意找三個同學，比三隻手指，或者拿三本書、三雙襪子……就拍了起來。我心裡想，這未免太蠢了吧。某天我搭了巴士到淡水，沿路一直用眼光搜尋著任何可能有「三的暗示」的畫面。我拍了同一條街上的三間當鋪、河岸邊的三棵樹，以及三顆石頭。後來我悶著頭生自己的氣，結果還是一樣蠢，只是我跑得遠一點而已。

午後我搭了船從河的右岸到左岸，碼頭旁就是泥灘濕地，一路延續到出海口。我背著相機走在泥灘地上，謹慎地幾乎都沒有按下快門。因為當時按一下相機快門，意謂著可能要花三十到五十塊（這是包括底片、沖洗，以及沖壞相紙等概略計算出的平均價格），對一個窮學生來說，喀擦一聲等於一餐的餐費。直到現在，我都還聞得到那天的海風，還記得不斷舉起、放下，一下子在相機裡，一下子在眼前的朦朧景色。然後我最後終於拍下了這樣的一張照片：河岸邊一個釣客正在整理釣線，一個似乎正在等待魚上鉤，一隻小花狗正在搔癢。一九八九年某個冬日的三十分之一秒。

回學校沖洗時，這張的畫質是最差的。不但對焦不準，在暗房時再次失焦，相片的黑白層次也不夠，以老師的作業要求來說，絕對是張不及格的作品。但我還是決定交這張。我們的作業都是在課堂上即時交件的，老師會在你的作業表格上畫圈、叉或三角形。圈是通過，叉是不及格，三角形是通過但只有六十分。我獲得了一個叉。但我心底對那個叉不以為然。

多年以後，我仍然堅持，這是一張對我而言，如此重要的一逝不返的 Ephemeral Phenomena，那是我有了相機以後，就預期會在某個時刻出現的畫面。就像有人問保羅・史川德，他是如何挑選拍攝主題的？史川德回答自己並沒有挑選。「是它們挑上我。比方說，我拍窗戶和門拍了一輩子。為什麼？因為它們迷戀我。不知道為什麼，它們就是帶有一些人的性格。」

那張照片的風景迷戀我，而且只迷戀十九歲的我，我日後再也沒有機會邂逅它了。

搬到淡水附近以後，我有時帶著相機出門，但除了記錄鳥與招潮蟹外，很少有拍照的衝動。站在斜坡的階梯道上，眼前盡是雜亂缺乏美感的建築和紊亂的電線線條。站在河邊則是水泥化的步道，陳澄波筆下的〈淡水〉，那些房子和房子「合作」呈現出來的「如畫的視野」，此刻已傾圮消失。街道不是不能消失，不是不能改變，但一條街對一個人來說，是比Ephemeral Phenomena 更恆久一點的物事，它通常是集體記憶、人生、創造力拼湊起來的，有時一個陌生人進到陌生地，在很短暫的時間裡，就會感受到一條街是否迷人，是否值得尊敬。當這樣自有生命的東西被一些更膚淺的物事取代，意味著此地的住民，或有能力參與此地決策的人，變得更沒有耐心了。沒有耐心，等待自己心裡那條美好街道該往何處去的影像漸漸成形，沒有耐心，讓自己的生活和周遭的自然風景變成一幅完整的風景。

我研究室裡掛著另一張帶有 Ephemeral Phenomena 味道的照片，則是我在高雄縣彌陀鄉二高村旁的空軍官校服役時拍的。彼時只有半天假的午後，我常帶著相機在村裡閒晃。二高村的小巷子都有一道拱形的門牆，門牆與門牆間都有一個洗手台兼洗衣台的公共空間。村裡幾乎已經快沒有人住了，那天我走在村子裡正拍著什麼，隱隱覺得背後有什麼在看著我，回頭一看是一隻剛剛還沒有出現，此刻卻坐在公共洗衣台上的貓。我幾乎完全沒有重設光圈和

吴明益，彌陀二高村，1994

快門速度，只是反射性地舉起相機按下快門。貓在相機喀嚓一聲的那剎那間，就跳下洗衣台逃走了。

這張照片對我而言不是貓，也不是洗衣台，或是一個老舊眷村的死去，而是光從右上方的屋簷斜斜走進，一進一進的門牆重複卻又不重複的意象。那光帶著一種一逝不返的氣味，帶著故事性，它彰顯細節、光輝細節。

早在一八九七年，「攝影─分離」成立之前，史蒂格立茲就拍過雲。但要等到一九二二年，他姊夫問他當初為什麼放棄彈鋼琴？史蒂格立茲才決定用一系列的照片回應。他說自己想拍攝雲朵的原因是，要「藉此找出這四十年來我究竟在攝影中學到什麼。同時把我的人生哲學寄託在雲朵之中。」另一方面，他要證明攝影有一種獨特的力量，這力量並不一定要拍攝什麼驚天動地的題材才能彰顯，他說要「證明我的照片可不是拜題材之賜。」

史蒂格立茲把這個計畫形容成「偉大的天空故事，或歌曲」。一開始照片的雲朵還是與大地的意象連結的，一定有觀眾可以看得出那是喬治湖與群樹上方的天空和雲。不過漸漸地，雲有了自主的生命，它愈來愈像無主題音樂一樣流動，遠離大地。史蒂格立茲把其中第一個系列取名為「音樂：雲朵十連拍」（Music : A Sequence of Ten Cloud Photographs），第二個系列則稱為「天空之歌」（Songs of the Sky）。這系列照片證明了，史蒂格立茲其實沒有放棄彈琴，他只是變成單用食指來創作音樂，而且那音樂需要等待光線。兩年後，史蒂格立茲再把雲跟音樂剝離，也就是他最後一系列的創作：「同義詞」。

「我對生命有一種願景，我嘗試用照片的形式找出它的同義詞」，他如此解釋，而這些雲的照片就是「我最深刻的生命體驗的同義詞」。

據說曾有人不太友善地問史蒂格立茲：「嘿，創作攝影是什麼啊？你說創作攝影又有什麼用呢？你怎麼能教機器創作呢？」他回答：「心裡若有股想拍照的衝動，我就會帶我的相機出去，要是碰上了一樣東西，同時觸動我的情緒、精神和美感時，我便會在我的心眼裡看見一張照片。我拍下照片，給你們看，等於是我的所見、所感。」他說「拍照對我而言就像做愛」，史蒂格立茲在每個稍縱即逝的瞬間得到高潮，在無意識間獲得不會成為過去或被遺忘的一張照片——或者生命。

自然界常有許多稍縱即逝的現象——雪、霧靄、墜落地平線前一刻的夕陽，它們有時對我們來說是如此生活化的影像，有時卻又散發著一種陌生化的美感，對現代人而言，只有少數時間，我們會把它們當成家人。我想起日本攝影家川內倫子（Rinko Kawauchi）[4]的「AILA」系列裡，有動物與人類的出生、海龜在澄清得不可思議的海水裡游泳、向人索食的烏鴉、被機器切割中的巨石，乃至於僅僅是拍攝露珠、瀑布、彩虹與樹蔭，就像是世界紛擾的偶發因素自動組成圖像呈現在我們面前，但我們知道，那些圖像並非是紛擾的偶發因素而已，它們**緊緊相依**。有評論者提及，AILA就是土耳其語裡「家族」之意，這個賦名讓這些稍縱即逝的現象彷彿待在同一個屋簷下居住在一起。一切看似無關的物事都有關係，這是影像的生態學解釋。

當你無目的地漫步街道、林道，也許是一隻貓，一朵雲，一個窗景，一個雨季的肇始，或是一個女人與你擦身而去後隨即轉過街角，有那麼一刻，彷彿點燃火柴的瞬間，你瞥見了她的側臉，瞥見她落在肩胛骨上的髮梢，瞥見她小腿的肌肉，然後你淪陷了、迷惘了、嗅到火燄的氣味，霎時，你感到天搖地動，浪潮拍打。然而她旋即消失，並且永遠地離開你。你在那片刻似乎感覺到什麼，那種差點就可以摸到的，雲一般的東西，化為霧靄滲入身體，你要按下快門，你得按下快門。那張照片將是一份感情，是光陰片刻。於是你肉身的某處被開啟，成為一個湖，一個可以讓情感片刻棲身的地方。

我們曾經按下的快門，就像放了數十年後的印書紙一樣纖薄易碎，是我們追問或想像照片背後的故事讓它有了骨骼。它挽救、停留、無能為力卻又像是阻擋了稍縱即逝的什麼。

## 註釋

1—約翰尼斯・維梅爾（1632-1675）是荷蘭畫家，他一生都在台夫特度過。他以構圖的精巧、對光線的掌握，和林布蘭共同被視為荷蘭黃金時期的代表畫家。

2—馬塞爾・普魯斯特（1871-1922）是法國小說家，以意識流的寫作聞名。一九一三年開始出版的《追憶似水年華》（*À la recherche du temps perdu*）是影響世界文壇的傑作。時間在普魯斯特的筆下既可壓縮也可延長，營造出了非常獨特的敘事世界。

3—安東尼・范・魯汶霍克（1632-1723）是荷蘭貿易商與科學家，亦居住在台夫特。魯汶霍克有「微生物學之父」的稱號，並改良了顯微鏡的功能。他也是最早記錄觀察肌纖維、細菌、精蟲、微血管中血流的科學家。他在一生當中磨製了超過五百個鏡片，並製造出四百種以上的顯微鏡，其中九種至今仍被使用。

4—川內倫子（1972-）是日本新一代攝影家。她的影像平實、內斂，主題雖然顯得平凡，卻又蘊涵著一種文學性的張力。

# 對場所的回應

*In Response to Place*

正片

# 對場所的回應

In Response to Place

我用眼睛一一遊覽高山低谷的松林如波浪起伏的稻田，陽光如漣漪如波濤漫延過山谷，經過一座又一座山嶺，風浪過處攪動一片閃亮的樹葉。這反射的光浪常會突然打碎，然後又似一個追逐一個向前彎成一個同心圓，最後在某處山坡消逝，就像海浪打在傾斜的海岸……。

不久薄薄的雲絲開始由北向南直接吹過山頂，雲拉成長長的絲綢，彷彿梳開的羊毛，變魔術般旋聚旋散，被風吹得捲起如髮絲，然後優雅地在空中盤旋飛舞，就像洪水氾濫時優勝美地瀑布外圍的水沫；然後從崖邊飛向疏淡的青空，再集結環狀泡沫飄到河上方。這是因為風遇到山坡後往上吹，空氣擴散變冷，導致雲絲飄高變薄。這些雲在冰柱北緣不斷累積，最後形成不透明不規則的厚層，然後化為雪花落下，間雜有冰雹。天空很快暗下來，我剛完成最後一次觀測，收拾好工具準備下山，暴風雪逐漸猛烈起來。剛開始在崖壁上下起冰雹，就我所見，每一塊的形狀都很規則，是圓底六面的菱形，看起來輕巧而華麗，似乎是細心雕琢出來後任意丟擲到荒涼的巉崖上，之後便向四面八方滾動滑落。

我想你在閱讀這上面兩段文字時，腦海裡應該會出現畫面，即使你沒有真的去過美國優勝美地國家公園（Yosemite）。美國自然書寫者約翰・繆爾（John Muir）[1]以「文字攝影」，勾引我們的想像力，他的筆記就像一幅一幅的照片，有時拍風景，有時拍心景。

繆爾踏遍的內華達山區，當時可是「真正的蠻荒」，具有探險家性格的繆爾有時爬上洋松聽風暴，有時隨著雪崩滾下山，有時進入充滿奇異冰柱的洞穴，有時跳崖，有時追逐極光……，對優勝美地的風景來說，他的文字早於任何一架攝影機，在他眼中「舊金山找不到一個正常的人」，因為他們離棄了野地，也就離棄了生命。

當然，如果閱讀無法讓你的眼前出現畫面，那麼你也可以看美國地景攝影大師安瑟・亞當斯的攝影。

1

我在閱讀安瑟・亞當斯的回憶錄時，讀到這麼一段故事。

一九四一年，亞當斯為新墨西哥州卡爾斯巴德（Carlsbad）的「美國碳酸鉀公司」拍廣告而到西南部去，當他駕著車開過一段路時，看到東方月亮升起，掛在雲層和積雪圍繞的山峰上，另一邊則是傍晚的夕陽，半顯半隱於朝南流動的雲層間。夕陽的微量日光，則恰好映照在教堂墓園的十字架上。他預感到這會是一張他生涯裡重要的照片，趕緊跳下車，卻一時找不到慣常使用的魏斯頓測光表，他突然想起月亮的亮度是每平方英尺兩百五十燭光，就依這個數據判斷曝光時間與光圈。

手指興奮地發抖的亞當斯拍了一張，把底片匣翻轉過來再拍一張，此時夕陽已離開十字架，神祕的一刻一逝不返了。彼時他並不知道「月昇之時，赫南德茲，新墨西哥州」（Moonrise, Hernandez, New Mexico）將會成為他攝影生涯中最知名的照片。

由於亞當斯常忘了記錄底片年代，因此這幅名作的確切拍攝時間一直不能確定，展出時從一九四一到一九四四都標示過。後來一位天文學家大衛・艾爾默博士（Dr. David Elmore）決定以天文學解決這個問題。他使用地質探測圖，找出該地點的海拔與方位，然後將「月昇之時」的構圖輸入電腦，在可能的年代裡一分一秒地尋找與照片中月亮符合的高度與方位，終於算出按下快門的時刻是一九四一年十月三十一日下午四點至四點零五分之間。艾爾默博士說，電腦把照片與模擬的月昇角度連綴起來的時候，「我只覺得腦袋砰砰作響，像是燈泡爆掉一樣。」

這個故事簡直就是布列松（Henri Cartier-Bresson）[2]所講的預視決定性瞬間（the decisive moment）的直覺，和攝影術的科學性格結合的絕佳範例。那個畫面上像隱喻一樣浮現在地景之上的月亮，在亞當斯的眼中、回憶裡；觀看者的動心、網膜底，和電腦裡循著天文計算的月亮軌跡，宇宙獨一無二的運行時刻，人類的美感與理性能力，喀嚓一聲，合而為一。

安瑟・亞當斯（Ansel Adams）作品〈Moonrise, Hernandez, New Mexico〉，1941

二戰期間及其後，正是紀實攝影當道的時代，批評亞當斯沒有拍出「那個時代」、不關懷世道的人，常說他「在崩裂的世界中，居然還在拍石頭」。亞當斯反駁說自己並非不關心世界與未來，只是不想去重複其他人已經在做的事。他持續關注自然流動的紋路，野地震懾人心的面貌，他不斷行走，尋找值得按下快門的風景。

亞當斯認為人和大地的接觸，完成了一個地方的「格調」。登山、造村、紮營、耕作等這些行為和山嶽、天空，產生了「賦格式」（fugal）的關係。而在國家公園裡打上木樁，開設穿過美景心臟的道路，是官方渾濁的眼光未能看到野性力量的緣故。他在《鏡頭下的國家公園》（*My Camera in the National Parks*）這部名作裡，寫下這一段話：

大西岳黎明時的微風，不只是一陣清涼的空氣吹過針葉林而已；應該還能在人類的意識迷宮裡化作一陣騷動，一陣遍及全世界最輕靈的信仰魔法。蒂頓山脈高聳而起，不只是地球的地殼來了一陣機械式的起皺和斷裂而已，它還成為大地在更浩大的蒼穹下洪荒的手勢。大西洋中古阿卡迪亞的海岸，有一股更古老的波濤，打上了花崗岩的陸岬，帶來的可不只是海洋緩慢的侵蝕、瓦解而已。這裡蘊含的是和萬古有著同一源始的力量，也是和地老天荒、世界終結之時相同的力量。

我想，自幼學習鋼琴的亞當斯如果沒當攝影師，會是個音樂家吧。我在這段話裡聽到音樂，也在亞當斯的相紙上看到，繽紛萬物回歸為黑、白、灰，而那層疊如詩的色澤與大地，在我的意識迷宮裡，化作一陣和地老天荒、世界終結之時相同力量的音響與騷動。

## 2

也許我的說法並不準確，你不必得因為讀不下文字才看照片，因為這是兩種藝術形式對野地的致意，你可以在文字裡讀到畫面，也可以在畫面裡讀到一篇散文或是詩。我常覺得攝影術本身就是和行動聯結的一種技術，自然攝影者更是如此，攝影家就是空想家、旅行家，擁有視覺世界觀的人。

在攝影史上被認為第一個把整個異族及其所生存的空間當作一種景觀來拍攝，一般認為是地理學家約翰・湯姆森（John Thomson）[3]，他在一八六六年就以柬埔寨為題拍攝了一系列的作品，隨即出版。不久後中國、新大陸尚未完全被文明占領的西半部，紛紛成為西方攝影者獵取風景之地。湯姆森是個積極的踏查者，但他的影像似乎更強調人文風景，這可從《中國和中國人影像集》（*Illustrations of China and Its People*）看得出來，他是如何擅長把人放到地景裡，以呈現某種精神樣貌。

但真正第一個被重視的自然地景攝影家或許是湯姆森的後繼者彼德・亨利・愛默生（Peter Henry Emerson）[4]。他正是自然文學界的先驅——拉爾夫・瓦爾多・愛默生（Ralph Waldo Emerson）[5]的親戚。彼德・亨利・愛默生的父親是美國人，母親是英國人，但他出生在古巴。家庭把他教育成醫生，但他最後成為一個旅行者、水手和攝影家。作為一個早期的風景攝影者，愛默生的作品饒富畫意，有些甚至直接取法於法國畫家儒勒・巴斯蒂安—勒帕熱（Jules Bastien-Lepage）[6]的作品。他的長期攝影對象「諾福克湖區」（Norfolk Broads），被認為是英國傳統田園生活的最後領地。他拍攝被一般人視為尋常的風景，然後鍛鍊成美。

攝影家愛默生如此熱衷於用自己的眼睛和另一種眼睛凝視自然，他終於發現了「眼睛看出去的風景」的奧祕。由於人的雙眼對焦非常集聚在「所見的對象」，因此實際上整個視覺

彼德・亨利・愛默生（Peter Henry Emerson）作品〈Coming Home from the Marshes〉，收錄於《Life and Landscape on the Norfolk Broads》，1886

框的邊緣都是模糊的。愛默生希望相片能重現這樣的人眼觀看效果。於是，他認為一幅有魅力的風景照片，不一定要把焦距對準（這跟後來強調影像銳利的風景寫真有很大的差別）。留下虛化的視覺感，反而會讓風景在觀看者心中明晰起來。

愛默生在一八八六年發表了一篇名為〈攝影：一種繪畫藝術〉（Photography : A Pictorial Art）的論文，第一次提到「畫意攝影主義」這個詞。不但藝術史理論家為之驚動，史蒂格立茲的「攝影—分離」也奉為圭臬，甚至還影響了東方攝影家如日本的福原信三（Shinzō Fukuhara）[7]，台灣的郎靜山[8]等人。畫意攝影家用一切的方法讓照片裡的自然景觀「如畫」，他們有時會藉助暗房效果，有時進行底片拼貼，或在作品上再用刮、畫等手段改造，目標就是讓畫面產生一種「唯美的模糊感」（artistic blurring）。

不過所有的創見都會引來低劣的模仿者，不久一些跟風的攝影家，就以拍攝「軟焦」、「脫焦」、「失焦」的照片為豪。一八九一年，愛默生以一本《自然主義攝影的滅亡》（*The Death of Naturalistic Photography*）的小書，宣布放棄了自己所創的詞彙與風格。和自然演化比起來，這是多麼年輕的自我否定、自我摧毀，這或許也意味著藝術的變動不居與生命力。愛默生對攝影的熱情似乎就此熄滅，他認為藝術從自然始，也會在自然終，只有最接近自然、酷似自然的藝術，才是最高的藝術，而沒有一種藝術能比攝影更精確、更細緻、更忠實地反映自然。只是後來他卻認為攝影是一種「非常局限、低層次的藝術」，無法表達真正的自然了，他從此投入寫作。

我在伊安・傑夫里的《攝影簡史》裡讀到這麼一段話，令人心感悽惻：「愛默生最後一本帶插圖的書名為《沼澤地裡的樹葉》（*Marsh Leaves*），裡面有十六張攝影史上最悄無聲息的圖像，那是拍攝一個遙遠的灰色世界的蝕刻小照片，上面有荊棘樹和荒涼的蘆葦叢。」

3

班雅明曾提及社會學家格奧爾格・齊美爾（Georg Simmel）[9]的一個看法。他說在大眾運輸出現後，人們對自己的外表變得更加重視，那是因為社會邂逅已成視覺的交會。「在十九世紀發展出公車、鐵路、電車之前，人們從來不曾數分鐘，甚至數小時不說話，就只是保持著一種姿勢看著其他人」。

這讓我聯想到，在公共運輸出現之前，人最常凝視的對象應該是周遭的自然景物吧。那或許是山、海、溪流、湖泊、草原或沙漠，端看你所生存的環境而定。而當開始在公共運輸裡看慣了另一些人疲憊的面孔後，我們赫然發現，自己已經很久沒有像農人、樵夫、漁夫一樣，長時間保持一種姿勢面對風景了。

這十年來我每周幾乎都搭一趟車往返台北花蓮，列車外的風景飛掠而過，我常在心裡想：改天一定要到這裡；或者，下次得把相機準備好，從車上拍攝這個角度的照片。只是日復一日，那樣的諾言很少實現。

十九世紀中期的攝影師裝備往往超過五十公斤，他們到達風景之前得先克服自己的身體，或乾脆請個腳夫。英國雕塑家阿砌的「濕火棉膠法」把「達蓋爾法」的曝光時間加快，但裝備依然沉重。它製造出來的新麻煩是，攝影者得帶大量的藥劑、儀器、笨重的相機和腳架。由於得在曝光後現場沖洗，甚至還得帶著充當暗房的帳篷，這簡直是把一個攝影棚搬到野地，因此有時候還得僱用搬運工或駕著馬車，才到得了想要拍攝的風景面前。風景攝影是一種跋涉、一種追逐、一種人類獨有的遷徙到美的視野的衝動。而由於「濕火棉膠法」需要用到水，導致不少攝影家都選擇有水的景色來拍攝，因此有一段時間，攝影史上的風景總是水氣氤氳。

我想起攝影家張照堂在一九九〇年代所主編的一本《看見淡水河》，將百年來的淡水河影像匯聚在一起。讀者可以透過鄧南光[10]、張才[11]的鏡頭，看到古老的淡水河裡人們如何傍河而居，彼時淡水河的渡船仍有風帆，眼中亦皆水氣氤氳。而今兩岸蓋滿了高樓，某種屬於河畔住居的情調也就一逝不返了。

風景攝影就像長久以來對「野地」（wilderness）一詞的爭議，或許可以先分成兩類：有人棲居於照片之中的，或無人在可見的畫面裡的。繆爾總是選擇避開人，他熱愛的是**純粹的**荒野。這類自然觀下所拍出的相片，往往是「冷面」（deadpan）的風景。

「冷面」這個詞本指「面無表情」或「不動聲色」的人，也用來指涉攝影術發展初始，人類學家與探險家便喜歡將攝影機對準異族，特別是那些對攝影術一無所知的族群，他們面對攝影機時不知做什麼反應的反應（就像他們面對突如其來的文明入侵也不知道做什麼反應）。在看那樣的照片時，雖然知道並不如此，但我往往覺得裡頭的人正以一種懷疑、敵意、恐懼、冷淡的眼光對著自己。

「冷面」有時也意味著一種美學，是在看似空洞平淡、不動聲色的調性下，隱藏著故事性。那故事超越了「表面」。特別是當我們在拍攝風景時，有時看似冷面，卻有上千隻鳥躲在靜寂的湖畔或山林的某處。

從另一方面來說，「荒野」顯然是以人類主觀的角度所定義的詞彙，這不僅是因為此刻地球上已經愈來愈少地方，**全然地**沒有人造物而已，還因為當照片被看見之時，至少已經有一個人或一群人涉入這個在英文中意指只有野生生命存在的地方。就像一八七四年二月，隨船攝影師從「挑戰者號」在浮冰滿佈的南極海域，拍下了第一張南極冰山照片。這照片和他們帶回來的南極生物標本一樣珍貴。對一般人而言，那張南極照片顯現了一個荒涼地景，但對南極生物來說，卻是個喧嘩的家園。

班雅明說：「對相機說話的大自然，不同於對眼睛說話的大自然。」這句看似簡單的話，背後可以做無限的解釋。但最關鍵的一點是，對相機說話的大自然，顯然是透過手持相機的那雙眼睛所建立的。

德國的貝歇夫婦（Bernd and Hilla Becher）[12]在一九七五年發表《新地誌：人類造就的地景照片》（*New Topographics: Photographs of a Man-Altered Landscape*）。他們闡述「土地」（land）和「地景」（landscape）是兩個不同的詞，「土地」單純地指自然環境，而「地景」

則意謂著人類的文化建構。在地景中，每件「環境裝置」（包括人所種的樹）都具有文化象徵意涵。因此新地誌的攝影家透過對工業大廈或場所的勾繪，來探索人們對自身所處的場所的觀看。它觀看的是地球上最特殊的生存場域：人類文明所建構出來的，既讓我們覺得舒適安全，又讓我們感到冷漠疏離的現代性場所。

理察・密斯拉契（Richard Misrach）[13]或日本攝影家清野賀子（Yoshiko Seino）[14]的作品可能說明了這一點。密斯拉契拍攝了美國西部的崩毀地景，這些沒有激烈畫面的照片默默控訴了人對自然資源的掠奪。清野賀子的照片則常拍攝「無人空景」，那種現代化後的地景在剝離了人的存在後常讓觀看者覺得清寂得難以忍受。這些乍看美麗仔細一想又不必然的地景照片可能也反映了攝影家的內心，清野賀子便是以自殺的方式結束生命。當滅絕在美得令人感傷的照片裡被呈現時，自然依然冷面以對。

這類攝影者沒有刻意強調野地的美好純真，而是巧妙地運用了一種矛盾的對比。高科技產業可能伴隨的污染極為巨大，然而廠區卻看起來乾淨得不得了，但那乾淨的風景卻**正在**剝奪他人住居、乾淨空氣、土壤和水。而傳統農村看似髒亂，實際上卻有著人類長久以來與土地共存的智慧，在那裡頭萬物循環，土地既給予也消化一切。

在二〇一三年野望國際自然影展（Wildscreen Festival）裡有一部拍攝伊拉克南方孕育人類文明的兩河流域濕地，部分學者認為《聖經》裡的伊甸園所在的風景如何消失的過程。前伊拉克總統海珊為了消滅居住於此地的阿拉伯人，築堤抽水，用戰火將這片濕地逼入絕境。影片中訪問在海珊政權垮台後，致力於恢復濕地景觀的阿扎姆・阿爾瓦施，他回憶起童年和父親乘小木舟進入濕地的情景：彼時水道蜿蜒在蘆葦叢間，讓小阿爾瓦施覺得它們幾乎都要遮住天空了，他俯身望向清澈水中的游魚，記得穿出沼澤區時突如其來一陣涼爽的微風。他說那是「一種寧靜、一種溫暖，一種與父親獨處，共享珍奇之境的愛的感受。」於是我們得知，某種情感只有在某個場所才能存活。

4

有時我會想，如果我們有一個攝影師長期用同一個角度都不移動的相機拍攝清境農場附近的山頭，或台灣的母親之河濁水溪，就會發現那裡的野性如何被消滅與消費。在冷面的攝影中攝影者看似消滅了自己的意志，地景自身的意志卻會由此出現，撞擊觀看者。透過相機，人類其實完全知道自己做過什麼愚騃、冒犯之事。

亞當斯對優勝美地的情感來自童年記憶。一九一六年亞當斯得了一場感冒，阿姨借他一本名為《深入西岳中心》（*In the Heart of the Sierras*）的書，亞當斯為書中的牛仔與印第安人冒險傳奇著迷不已，於是懇求父母帶他去優勝美地，他並且在這趟旅行中得到一架柯達的布朗尼（Brownie）箱型相機。少年帶著他的相機探險，他踩在一個老樹樁上拍照，正要按快門時恰好樹樁塌了，少年因此翻滾摔到森林底層的腐木上頭，並在無意間按下快門。亞當斯說，這張顛倒的風景照，是他第一年使用相機所拍到的最好的一張。

國家公園成立後，亞當斯曾為「優勝美地公園暨庫里公司」（Yosemite Park and Curry Company, YPCC，一個負責經營公園的單位）拍攝照片，但始終和他們的企業哲學格格不入。亞當斯說自己很難做到那樣的思考方式，因為像YPCC這樣的公司只有一個目的，就是把人帶到優勝美地來，而不是把優勝美地帶到人的心裡頭去。

亞當斯說自己在拍攝山脈時，總想是不是能傳達出眼前這些巨大地景的「感情意境」（expressive-emotional quality）。他在一九二七年的名作〈巨岩〉（Monolith）或許可以回答這一點：那塊巨石看起來如此像個活物，它似乎在訴說些什麼，也確實訴說了什麼，我們被一塊石頭打動了。

一九三〇年代，大戰陰影接近之時，亞當斯和魏斯頓（Edward Weston）[15]都被批判作品僅有美學，而缺乏人世實況的關懷。但他們持續按下他們的快門，不為所動。亞當斯重複拍攝死亡幽谷（Death Valley），因此留下了這座山谷從一八七二年採礦法（The Mining Act）通過後的巨大改變。而歐文斯山谷（Owens Valley）則從農業區，隨著洛杉磯市的快速擴張，獨占了莫諾湖（Mono Lake）幾條小河的用水權，將水全數引入洛杉磯下水道（L. A. Aqueduct）後，逐漸失去原貌，甚至成為戰爭時收容日裔美人的集中營。這些是過程、是時間，是地景有一天變成不是**原來的**地景，是亞當斯所注視的。

我常看著這些自然攝影家所帶給我們的，那些已逝的場所的畫面，想像有一天我總要走到那個風景去。事實上我們正站在那些照片風景的，更巨大的風景裡。每一張野地的照片都是我們對場所的回應，也是場所對我們的回應。

在那裡土地讓我跳躍，春天使我激動，落葉引導我進入森林，溪水將我純淨，風帶走溫度，而冬天令我屏息。

1 約翰・繆爾（1838-1914）是美國早期環保運動的領袖。他在優勝美地區域以及內華達山脈踏查，發現這些地區受到放牧的威脅，特別是被稱為「帶蹄蝗蟲」的羊群。一八八九年六月，繆爾與《世紀》（*Century*）雜誌副主編羅伯・強森（Robert Underwood Johnson）目睹羊群對草地的破壞，強森因此協助繆爾發表文章，主張禁止在內華達山脈高山地區放牧，繼而推動優勝美地成為國家公園。繆爾也被認為是美國自然書寫的重要拓荒者，他寫的大自然探險，特別是關於加利福尼亞內華達山脈的描述，被廣為流傳。他並成立了美國最重要的保育組織之一的Sierra Club。

2 亨利・卡提耶・布列松（1908-2004）是法國知名攝影家。布列松創辦了「馬格蘭攝影通訊社」，並以他的五十毫米鏡頭及「決定性瞬間」的概念，開創了獨特的街頭攝影、紀實攝影風格。他曾在二戰時在戰俘營待了三十五個月，想盡辦法逃出來參與巴黎的地下組織。他並在一九四三年挖出他埋在田間的萊卡相機，繼續帶著它以影像實踐想法。

3 約翰・湯姆森（1837-1921）是出生於英國蘇格蘭愛丁堡的攝影家、地誌學家、探險家。一八六二年他到英國的海外殖民地新加坡開設照相館，並開始對拍攝人文地景產生興趣。不久他到柬埔寨、泰國、中國等地拍攝。一八七一年他從打狗登上台灣，拍攝了台灣的自然風光與原住民族，成為記錄台灣最早的一批相片。湯姆森本人對紀實攝影亦有極大的影響。

4 彼德・亨利・愛默生（1856-1936）是出生於古巴的英國作家、攝影家。愛默生的攝影起自於對賞鳥的喜愛，進而開始拍攝自然景觀。他認為攝影是藝術而非機械製品，因此強調如何使用相機重現眼睛所看到的風光。

5 拉爾夫・瓦爾多・愛默生（1803-1882）是美國作家。他是自然文學中「先驗主義」（Transcendentalism）的代表人物，相信自然界有一種超越的力量，一八三六年出版的《論自然》（*Nature*）是他重要的作品。身處牧師家庭，愛默生認為耶穌是一個「人」的說法被視為離經叛道，他並且是主張廢奴的思想家之一，和梭羅（H. D. Thoreau）關係甚深。

6 儒勒・巴斯蒂安—勒帕熱（1848-1884）是崇尚寫實畫派的法國自然主義畫家。他出身於農家，畫作有極優秀的寫實能力，內容多以鄉村風景與人物為主。

7 福原信三（1883-1948）是以拍攝風景聞名的日本攝影家。他是資生堂創辦人福原有信的三兒子，除了對攝影的熱愛外，他也把家族事業從藥房轉向化妝品。

8 郎靜山（1892-1995）是一九四九年後遷居台灣的中國攝影家。他主張採用西方攝影的技術來表達中國傳統繪畫的精神，並創造集錦攝影。是中國攝影家早期有國際知名度的作者之一。

9 格奧爾格・齊美爾（1858-1918）是德國的社會學家、哲學家。齊美爾最知名的著作是《貨幣哲學》（*The Philosophy of Money*），他發現隨著人類文化的演進，人的認識也不斷發展，並逐漸形成「個體性」（Individuum），但卻因而無法獲得生活的全體性（die Totalität des Lebens）。比方說，貨幣是為了便利生活與交易而生，但最後衍生出來的新的、高度匿名化的現代生活，使得傳統社會一去不返，連帶也失去了部分生存的價值。

10 鄧南光（1907-1971）本名鄧騰輝，是出生於台灣新竹的攝影家。他在留學日本期間習得攝影技術，返國後在台北博愛路開設「南光寫真機店」。受到日本「新興寫真」風格的影響，鄧南光的作品以寫實技法捕捉庶民生活，特別是對女性形象及淡水河的拍攝，已是台灣影像史上很重要的一批作品。

11 張才（1916-1994）是出生於台灣台北大稻埕的攝影家。一九三〇年代赴日學習攝影，亦受到「新興寫真」風格的影響，並接受了德國「新即物主義」的概念。張才曾在二戰期間赴上海，因而留下上海的戰時景象，並經歷二二八事件，可惜部分影像已自毀。他也是最早拍攝原住民的台灣攝影師之一。

12 貝歇夫婦指的是伯恩・貝歇（Bernd Becher, 1931-2007）與希拉・貝歇（Hilla Becher, 1934-），德國藝術家、攝影

家。他們首次合作是在一九五九年，主要拍攝的內容是對工業時代建築的記錄。這些作品的地點不僅在德國，也遍及全歐洲與美國，組構成一幅巨大的工業時代圖像。因為許多工業建築設計時以實用性為主，並未考慮美學形式，因此貝歇夫婦的照片格外顯露出一種時代風景。對紀實攝影有很大的影響。

13—理察・密斯拉契（1949-）是出生於美國洛杉磯的攝影家。他擅長以大型相機捕捉風景，特別關注美國西部沙漠。密斯拉契的作品具有政治、社會、美學、生態等多層次的意義，色彩和構圖都極有個人風格。

14—清野賀子（1962-2009）是日本戰後新一代攝影家。她三十三歲才開始從事攝影工作，直到四十歲才出版第一本攝影集《The Sign of Life》，第二本攝影集則於死後才出版。她拍攝的地點集中在千葉、茨城、青森、愛媛、高知等地，常是無人風景，和一般人對日本的印象大不相同。清野賀子於二〇〇九年時自殺。

15—愛德華・魏斯頓（1886-1958）是美國攝影家。他是知名團體 f/64 的創辦人之一，以拍攝風景、靜物、人物肖像為主，被認為是具有現代風格的攝影師。他因為帕金森氏症才停止攝影生涯。

我搜尋了將近兩百張的照片，才完成了一幅殘缺記憶中的中華商場畫面。

吳明益繪，中華商場

負片

# 對場所的回應

In Response to Place

我有兩次在電影裡遇見自己家的經驗。

我們都會懷念某個場所，童年時玩跳格子的小巷，家裡堆放冬季棉被的儲藏空間，或者是滿是蛛網的床底，那些任何可以藏身、遊戲、作白日夢的空間長住在我們的海馬迴裡。有時候我想對我來說國家很遙遠，真正存在的是我們曾經度過美好歲月的場所。

不過總有一天，曾容納我們的成長場所變成夢的場所，它被拆除、遷徙、離去消磨殆盡。

幾年前讀到巴舍拉（Gaston Bachelard）[1]寫的《空間詩學》（*La poétique de l'espace*），他提到人們並沒有真的失去童年的家屋，重返的方式就是重新「把自己放到一個夢的狀態裡去，把自己放到一個日夢的門檻上，把自己棲身在過去的時光裡……『朝向』夢境，而非完成夢境。」這是真的嗎？

巴舍拉的祖父是鞋匠，他父親後來經營賣報刊與香菸的雜貨舖，這讓我想到，我們的童年可能都生活在類似的小商店氣味裡。出身於郵局小職員的他靠苦讀獲得知識，得以在戰後轉為自然科學教員，最令人驚奇地莫過於他以〈試論近似性認識〉和〈固體內的熱傳導〉論文獲得博士學位，還取得了哲學助教的資格。從此以後，巴舍拉透過一部部的著作，確立他在「科學哲學」領域無可取代的地位。所謂的科學哲學，就是以哲學去闡述科學（諸如物理學、數學）的內容，現在恐怕很少學者勇於這樣嘗試吧。《空間詩學》就是一部以詩與哲學，去論述建築概念的迷人著作。

這部書早於我出生之前，甚至早在中華商場動土之前，但第一次讀時我就想起了我的商場。我的童年棲居在那個家戶相倚，位於現在台北市中華路上一排八棟的商場裡，在那裡男性與女性都是勞動者（幾乎沒有人是「上班的」），每個人都做著終有一天會離開這貧窮之

吳明益，中華商場，1990

地的白日夢，從天台望著對面的高樓。

巴舍拉說家屋是所有人的人生中第一個「宇宙」，他認為家屋既被想像成一種「垂直的存有」，也是一種「集中的存有」。他以法國鄉間的建築為例子，家屋總是建築在土地上，屋頂為底下的人提供了庇護，它的傾斜代表了人類面對風雨的理性設計。而靠近屋頂的地方通常是閣樓，在那個屋頂下的最高處，我們的視野與思考都是清晰明白的。不只是往外看，往內看也可以清楚地看到屋椽，看到木匠堅實的幾何學，如何保護一個家庭。

相對地，垂直往下的地窖則扮演了家屋的「暗部」，像是隱藏的力量。當我們偶爾睡在地窖裡作夢時，會發現那跟埋伏在深淵裡的非理性呼應。在彼處我們成了恐懼的小動物，每一個聲響似乎都會驚嚇到我們。對於居住在家屋裡的人來說，閣樓有閣樓的恐懼，地窖有地窖的恐懼，它們的差別是，閣樓的恐懼在我們打開燈後就逃竄無蹤，但地窖的恐懼像長了根一樣始終存在。文學裡是多麼喜歡描述地窖囚禁了美麗的事物啊（像是《蝴蝶春夢》）。

中華商場的孩子的家屋當然和巴舍拉所寫的法國家屋不同，它既不是一幢有閣樓有地窖的鄉村茅草房子，也並不只是外表看起來只有兩坪大的商店。商場的孩子擁有真正廣大、漫長的家屋，從城門的一邊延伸到另一邊，分成八棟，三層樓高，長達一千一百七十一公尺。

每間像是小房間的店面會被隔出一處一米多的閣樓來，家屋既是商品展示與接待客人的空間，也是居所。那閣樓就像洞穴一樣，藏身在商店後頭的一個小小方形孔洞的上頭，靠著一把木製的樓梯才能爬進作夢之處。

有時候商場的子民會以為商場被拆掉了，然而並沒有，它還存在於每一個商場子民的日夢與相簿裡。雖然商場和法國人的家屋結構不同，卻又彷彿相似，仔細一想你就會發現，做為家屋的商場也有地窖、閣樓與中心點。

## 地窖

商場的人習慣把靠中華路那邊稱為「頭前逝（tsuā）」，火車鐵軌這邊稱為「後壁逝（tsuā）」。「（tsuā）」這個詞有時候接近中文的「趟」或「回」，我們說「一趟」、「一回」，在台語裡則說「一逝（tsuā）」，也可以衍生為一種長條狀的形式或長條的接縫，又可以做為中文的「行」來使用。我喜歡這個詞寫做「逝」，好像走到盡頭，就有什麼會消失似的。

如果你跑到別棟商場，其他人看到陌生的小孩，就會問你是哪一棟的孩子？如果你住一樓，他們就會再問你是住「頭前逝（tsuā）」還是「後壁逝（tsuā）」？

我家在愛棟的後壁逝（tsuā），這邊的店面都離鐵軌只有三公尺遠，僅僅靠一道水泥牆隔開。水泥牆上有規則地鑿了洞以便通風，小孩子常常站在牆前面，透過那些洞看火車駛過。有時候比較小的小孩子，大家允許他就在這面牆前尿尿，因為牆下邊有孔洞，可以直接流到鐵軌旁邊的水溝裡。這個可以當成臨時廁所的地方，也同時是我們的廚房。商場人家把瓦斯桶跟簡單的瓦斯爐也放在這裡，圍上一塊「鉛餅」（實際上是鋁板）就可以蹲著做飯。

大約每隔二十分鐘會有一輛火車經過那堵牆外，有時是從庄腳開到台北，有時是台北人要回庄腳。火車來之前路口會叮叮噹噹，那是平交道柵欄要放下來的警告。火車開過時巨大的聲響常常同時輾過我們的話語和夢境。

我們家是兩間相連的店面，因此兩間加起來五坪大的閣樓曾睡滿我們一家九口。父親在兩間店面中間鑿了一個剛好一個人可以通過的小洞，我們就像幼獸一樣從這間店鑽到另一間店，爬樓梯鑽到店上頭的閣樓，再從閣樓的洞鑽到另一間店的閣樓，然後從樓梯再鑽回店面。然而這個迷藏的空間並沒有「便所」，晚上母親會放上一個紅色水桶權充的「尿桶」，她會

吳明益，中華商場，1990

盡量放在離樓梯稍遠的地方，因為怕我們睡眼惺忪起來尿尿的時候掉到閣樓下頭的店內去。母親每天起床的第一件工作就是「洗尿桶」。當然，如果半夜真的肚子痛那就沒辦法，一定得拉開鐵門去上廁所。

商場的公共廁所蓋在兩端樓梯的位置，比較長的商場（像是第五棟）則在中間還另有樓梯和廁所。大概一百多戶人家共用三層樓的三間男廁所、三間女廁所，而每間廁所大概只有四個馬桶。你可以想像它們是多麼辛苦地為我們的排泄物付出心力。

商場的廁所就是我們的地窖，一個充滿黑影、瘋狂故事、深刻恐懼的地方。還沒有上小學之前我非常害怕上廁所，主要是男廁所不但燈常常壞掉，而且每個廁所只有一道用木條釘起來的，一百四十公分高的小門。那樣的門就像沒有完全關上的百葉窗，蹲在裡頭可以看到外面，而在外面小便的人如果願意的話也可以回頭看到裡面。哥哥告訴我有時候晚上馬桶裡會有人伸手幫你擦屁股，這一切都使得我有嚴重的恐懼上廁所症候群。而我母親漸漸拒絕帶我去上比較讓人放心的女廁所，一方面是因為女廁所前面有一個阿婆會收五毛錢然後給你三張薄薄的衛生紙，很多商場的女性為了省那五毛錢很年輕就得了膀胱炎。另一方面她怕人家說我是「無囊鳥仔」。

然而我們的地窖也是白天的遊戲間。玩捉迷藏時最高明的就是在男生當鬼的時候，趁「顧便所阿婆」不注意鑽進女廁所裡頭去。那是一個男生扮演的鬼永遠不敢貿然進去搜索的地方。

在商場玩捉迷藏是非常耗體力的事，正如我所說的，每棟商場有一百多家店面，一一搜索是根本不可能的事。當鬼的時候我們會判斷店家老闆的脾氣，與喜歡小孩與否的程度，因為這涉及他能不能容忍一個孩子躲進店裡的某個地方，並且在鬼巡邏到店門口的時候配合演出不透露消息（事實上很多店家都會出賣躲在店裡的小孩，他們會站在門口，對著鬼偷偷用手指頭指著小孩躲藏的布料堆）。所以小時候我們捉迷藏不只是個體力活動，也是個微妙的社交活動。

正如我所說要鬼搜索一百多個店家絕無可能，何況一樓到三樓間的樓梯，和一百多公尺長的「逝（tsuā）」，遇到擅跑的孩子，根本不必躲藏光是用跑的鬼就追不上。因此我們往往有些關於捉迷藏場地的規定：不准跑到二樓三樓，不准跑到「後壁逝（tsuā）」，不准從馬路偷偷跑到另外一棟去躲。也因此廁所便是捉迷藏的邊境，逃到那個邊境就是絕路了，除非你可以滑溜地躲過鬼伸出來的手，然後跑回某一間商店旁的「基地」。

有時候被迫躲到廁所邊緣時，「頭前逝（tsuā）」的孩子會遇到「後壁逝（tsuā）」也正在玩捉迷藏的孩子。他們會彼此交換眼神，然後伸出食指放在嘴唇上。

從廁所延伸出來的樓梯間也是我們遊戲的場所，它的玩法多樣化到令人驚奇。就像所有的孩子一樣，我們會從三樓開始臀部靠著樓梯扶手一段一段滑到一樓。有的時候則是玩猜拳的遊戲，兩人分別站在樓梯的兩端，拳頭贏剪刀可以走一格階梯，剪刀贏布可以走兩格，而布贏拳頭可以走五格。有的時候這種遊戲的時間與空間會拉得很長，因為一個站在三樓最頂端的階梯，另一個站在一樓最底層的階梯。這時候得有一個傳令的孩子負責奔跑在三樓跟一樓之間，傳遞誰出了什麼拳的訊息。

我們也會比賽跳樓梯，從一格、兩格，跳到五、六格，七、八格，直到另一方投降為止。每天從三樓跑到一樓的時候我都會練習，我一直認為跳樓梯這種遊戲唯一要克服的就只有恐懼。跳樓梯有時候會被商場的大人禁止，因為曾有逞強的小孩跳斷腳趾。

長大一點之後地窖也變成我的畫室，我有時會帶著簽字筆去上廁所，在廁所連載一部關於飛碟的漫畫，我深信彼時我的讀者還有一些仍在人間，只是忘了感謝我幫他們消磨的短暫時光。我帶著畫筆走出我的畫室時偶爾會看到陌生人用一個髒布包袱當枕頭睡在那裡，或坐

吳明益，中華商場，1990

在樓梯的角落不知道在想些什麼。大人會說這些人已經「不知影睏到兜一國去」，或叫他們「散仙」。現在想想他們就是日夢的專家，他們大部分來自商場以外的地方，而且一定是從天橋走過來的。

## 閣樓

伊朗導演阿巴斯・奇亞羅斯塔米（Abbas Kiarostami）[2]是我最心儀的導演之一，我看的第一部阿巴斯正是他的早期傑作《何處是我朋友的家》。做為伊朗「新浪潮」的前浪，阿巴斯在這部電影特寫了山村的故事，而不是呈現或辯駁當時伊朗在西方眼中的邪惡形象。

故事是關於小學生阿哈瑪德和內瑪扎迪的友誼。內瑪扎迪曾因作業本沒帶而被老師責罵，這讓他很在意。某天下課的時候，坐隔壁的阿哈瑪德卻誤將他的作業本收入自己書包裡。回到家以後，阿哈瑪德在書包裡發現了朋友的作業簿，開始擔心他會遭到處罰。但由於母親規定他要幫忙做完家事、寫完作業後才能出門，焦急的阿哈瑪德於是趁母親不注意時，帶著作業本奔往鄰村波士提。

內瑪扎迪的家對阿哈瑪德來說完全陌生，他到處問人，卻始終沒找到。雖然一度遇到正在幫父親提牛奶的同學莫魯薩德，但他沒時間帶他去，只指出了一個概略的方向。

阿哈瑪德問了老半天的路就是找不著內瑪扎迪的家，在村裡轉了一大圈的他回來時看見一名做鐵窗的老闆似乎也叫內瑪扎迪，猜測就是同學的父親，於是又從後追騎驢子的鐵窗老闆，不料這只是同姓的意外而已。

阿哈瑪德最後問了一名行動遲緩的老人，老人誇口山村任何人他都認識，但帶他繞了一圈後，卻又回到鐵窗匠人的家。由於天色已晚，失望的阿哈瑪德決定先回家，老人陪伴阿哈瑪德走一段落，但他走得實在太慢了，阿哈瑪德決定先跑掉，不料卻遇到陌生的狗阻擋了他的去路，最後反而是走得慢吞吞的老人帶他脫離困境。

阿哈瑪德突然想到，他可以為內瑪扎迪寫功課，隔天再帶到學校去。他是個行動派，開始寫雙倍的作業直到深夜。隔天老師檢查作業本的時候，沮喪的內瑪扎迪想到自己可能被處罰而心情低落，阿哈瑪德及時趕到把作業本交還給他，打開時發現裡頭作業都已經寫好了，內瑪扎迪於是破涕為笑。

這部作品即使放在我上高中的一九八七年來看，都太平淡而缺乏驚人的手法。但一九八〇年代的伊朗正與西方世界脫節，西方國家都認為伊朗是個好戰、缺乏人權與女權，專制獨裁的國家。阿巴斯的電影藉描寫山村裡的小事，意外地和觀眾取得了情感上的認同。每個人都擁有那樣的一個童年，有的在城市的小巷弄裡第一次遠離家屋去尋找同學的家，有的生活在山村或田野，像阿哈瑪德一樣在陌生的山徑或是田間小路穿來繞去，體驗過迷失時的心慌。但多數時刻會有那樣的一個老人出現，把我們從帶著敵意的狗的面前帶到**真正回家的路上**。

而觀眾也透過阿哈瑪德看到伊朗，那個似乎沒有青壯年的村莊，逐漸蕭條的鄉村。女性幾乎不能離開家，連衣服掉落都不能隨意出外撿拾。而帶著阿哈瑪德回到路上的老人則是做木窗的工匠，他的工作被鐵窗工人取代了，於是他沿路向阿哈瑪德介紹他曾經做過的木窗，那些木窗經歷了四十年的風雨都沒有變形或損壞，那是老人所展示的一點微薄的驕傲。

當時還算年輕的阿巴斯，向西方展示了人性化的伊朗，而不是被西方報紙上的時事漫畫家和電視新聞邪魔化的伊朗。

我看《何處是我朋友的家》的時候，正是商場面臨拆除的時候，偶爾我會帶著相機回到

吳明益，中華商場，1990

商場，卻再也找不到小時候一些朋友的家。他們已經離開，到另外一個地方去了。然而我還記得小時候爬上同學家鐵窗，敲窗戶叫醒他們一起上學的情景，那記憶如此頑固，就像鬼針草沾黏上我的心底。

上小學後我才開始認識不同棟的孩子，因為在上小學之前只有媽媽牽手才可以過天橋，天橋的另一頭就是異鄉。透過天橋可以跨到另一棟商場，或是平交道的那一頭：那裡是電影街，有賣滷味的萬國戲院，有萬年冰宮、謝謝魷魚羹和賽門甜不辣，更遠一點還有聽名字就很迷人的「賊仔市」。我曾經以為會有那些世界，都是因為有天橋的緣故。

天橋也是一座瞭望台，我們的另一個閣樓。在那裡我們可以看到像迴游魚群似的摩托車、腳踏車和魟魚般的公共汽車。天橋也可以看到「城仔外」、淡水河邊施放的國慶日煙火，可以看到國民學校，看到同學在他們家的店裡寫功課，或者遇到另一個正在天橋上奔跑，被母親派去買醬油的同學。而我的第一隻寵物就是在天橋上買的，一隻鱉。我把牠養在黑橋牌肉鬆的鐵罐子裡然後幾天後就死了。哥哥說牠應該是被罐子溶出的鐵鏽殺死的。

中華商場要拆之前，我擁有了第一台相機，偶爾我會帶著它回到商場。我走在天橋上時，恰好遇到從我們小時候開始就在賣養樂多和牛奶的伯伯，牽著他騎了二十年的腳踏車從底下經過，我按下快門的時候以為自己會回到那個時光，回到那個在養樂多瓶上戳一個小洞，慢慢吸吮的舊日時光。

天橋就是我們的山徑，你可以穿過它去冒險，也可以循著它退回邊界，回到熟悉的那棟商場。重新走進樓梯間時如果動了個念頭試著繼續往樓梯上走，就會在盡頭看到一個只有小學六年級學生高的小門。就像巴舍拉說的，到達真正閣樓的樓梯通常比較陡峭，因為它會帶人們到一個更安靜、孤寂的地方。

門通常上著鎖，但那是假裝的，鎖可以不用任何工具輕易打開。從那個小門我們可以跑到天台，到為我們遮風蔽雨的屋頂之上。第一次走到屋頂的時候，所有的小孩都會被天空的巨大震驚得說不出話來，並不是他們沒有看過天空，而是沒有從一群人家的屋頂看過天空，沒有站在整棟商場的人的夢境之上看過天空。

少年時我快要哭出來的時候就會想要扭開那道鎖到天台上，但一旦在那裡待得太久又會有可能下不來的恐懼。因為那道門可以被某個人**真正永久**地鎖上。我將沒有辦法往上走，也沒有辦法回到下面去，一個人要長久面對那麼大的天空是很可怕的事。在那一刻，我只想回到那個兩坪大的溫暖店面，我們的茅草屋裡去。

## 茅屋

商場的孩子很少說「回家」，他們會說「轉去店面」。「店面」這個詞是如此形象化，以至於感覺我們的家屋就像是一個人朝向世界似的。巴舍拉說茅屋的核心就是那溫暖的燈火，燈火象徵綿綿無盡的等待與守候，以及無與倫比的凝聚作用。那燈火就像詩人克里斯提安・巴呂寇（Christiane Barucoa）的詩句所寫的，像「一顆在瞬間冰封之剎那被捕捉、囚禁起來的星星。」

我記憶裡的星星比誰都明亮，因為每家店面都會在門口用一根竿子，吊上一顆一百燭光的燈泡。整座商場的家屋都把燈打開的時候就像一個星座、一條星河。

多年以後如果給我一個兩坪大的長方形空間，給我一切所需要的擺飾（我需要幾十雙鞋子的樣品、鞋拔、父親的毛巾、母親的抹布、鋁製的洗澡盆、釘在天花板上的風扇，和一張給客人試鞋用的長凳、永遠擦不乾淨的玻璃櫥窗……），不用參考任何照片，我就能復原那間已經腐朽的茅草屋。

很多人會慶幸自己還因為某種原因保留了一本或多本的家庭相簿。家庭相簿是故事的水龍頭，不管打開的人是誰，都會開始寫族譜或寫文章，寫文章或寫日記，寫日記或寫詩。家庭照片是一條纖細的生命線，把裝滿故事的潛水艇從山洞、湖泊、海洋裡拉出來，它們避開遺忘的伏擊、逮捕、搜查，慢慢浮到真正的明亮處。每一張照片都讓我們伴隨著一聲嘆息。

我們或許在家庭相簿裡再次看到父母的照片，那或許和家屋一樣已是遺跡。彼時總是突然會有「原來他們也曾經年輕」這樣的感嘆。我們在場的時間是父母已開始衰老的時間，但照片非常肯定地告訴我們在某個時空裡有另外一個樣子的「父母」，彷彿青春是已滅絕的生物，是影像二疊紀裡的化石。

存在不是表象的此在，是在照片裡轉化為凝止姿態的此在。就像一張生態照片一定得標示上時間與地點才有生物學上的意義，一張家族照片總讓我們想問：這是何時拍的？在哪裡拍的？我們如此需要標籤來協助回想那個快門瞬間，就好像我們恐慌有一天會忘記某種蝴蝶名字一樣忘記自己的家人。一張所謂「好」的生態照片必得能召魂引魄，不管那是一顆石頭、一座山，或是一隻露出祈求眼神的樹蛙。一張好的家族照片則有氣息，如幽魂。

羅蘭・巴特（Roland Barthes）[3]寫下他看到父母親年輕時的照片時的思緒：「這張照

片已經變黃、暗淡，終有一天會被丟進垃圾桶，若不是我來丟——太迷信以致做不來——至少在我死後。隨著這張相片一起消失的會是什麼？不只是『生命』（曾經健在，活生生地在鏡頭前擺姿勢），有時也是，怎麼說呢？愛。面對唯一一張我父親母親在一起的照片，我知道他們倆相愛，我想：永遠消失的將是這珍貴如至寶的愛；因為如果我也去了，再也沒有人為這份愛情作見證：留下的只有**無情的大自然**。」

我們的父母在凝止的此在裡，遂得以永遠青春，彷彿我在野外所留下的，一對高蹺鴴以求愛的鳴聲召喚彼此的瞬間。因此我常不覺得自己正在拍一張生態照，而是正在介入另一個種族、家族的人生。我是牠們鬼影子般的攝影師。

誰又是我們父母鬼影子般的攝影師呢？

和發現父母親的照片不同，看到和我們衰老程度相當的兄弟姐妹的照片更會讓我們備覺溫暖。那些遊戲、拌嘴、幫忙顧店蹲下來幫陌生的客人繫鞋帶，在閣樓的木板床上披著棉被演布袋戲的時光並沒有真的走遠，它們只是逃避主義的信徒，跑到貌似安全的棲身之處而已。

我從父親的家庭相簿裡找到一張我尚未出生的照片，照片裡我的兄姊們似乎正在吃著飯。假設這張照片的攝影師是我父親，攝影機是他留下來的 Yashica，我也不知道為什麼在這樣的日子特別為他們拍了照（我父親的家庭相簿非常薄，而且沒有任何時間或內容的暗示）。他們或站或坐在鞋櫃前面，最小的姊姊轉頭看著三姊碗裡的菜。

這張照片始終對我發生感情作用的不只是我所不認識的**他們**，還有那六排鞋子、用漿糊貼在鞋盒上的店標、那小巧的碗、像某種布局似地掛在牆上的抹布，以及讓照片上半部曝光過度的光。那是我家茅屋像星星一樣的光，堅忍地仍在那個畫面裡，等待、盼望、催眠著我，不願離棄而去。

我有時候會在夢中以為商場被拆掉了，但醒來後並沒有。它埋伏在電影裡，在黑暗的放映廳襲擊我。

大學電視製作課程拍片時，我們採用了一個小鎮高中生目睹愛情的劇本。為了尋找適當的車站場景，我們跑到當時幾乎一個遊客也沒有的「十分站」去。當時為了拍攝在吊橋上男主角騎單車上學的場景，特地從台北運了單車過去，沒想到等到正式拍片的那天發現被偷

作者家人。

攝影者不明，中華商場，時間不明

了，只好跟當地的居民借了一台。

影片初剪出來以後討論配樂的問題時，幾個同學都認為也許可以用台語老歌，至於是哪一首則沒有定論。我到家附近的唱片行買了一套老歌的錄音帶，一首一首聽，也開始到位在高中母校附近的電影資料館看台語老片。直到聽到紀露霞版的〈望你早歸〉。開會時我把這個版本的錄音帶給同學聽，大家一聽就沉默了、確定了。

紀露霞的聲音有一種奇妙的畫面感，前奏一下太陽沉下去的黃昏畫面馬上出現在眼前，雖然歌詞裡提到「若是黃昏月娘卜出來的時」，但月亮並沒有真的出來，就是太陽沉下去了而已。

〈望你早歸〉是楊三郎的作品，寫歌詞的是筆名那卡諾的黃仲鑫。寫歌的緣由，據說是因為台灣光復後，中央電台接收了台北放送局，改名「台灣廣播電台」後，不能再放送日本歌曲，而台長呂泉生希望能一直有新歌，因此給年輕的楊三郎機會。當時那卡諾擔任樂隊的鼓手，他寫完這首詞後給楊三郎看，一開始楊三郎覺得不好譜曲，因為這是當時很少見的「無韻之詞」，沒想到勉強譜完曲一播出就造成轟動。除了歌曲本身的力量以外，因為多年戰爭後，台灣實在太多人「應歸未歸」了。那些有未歸者的家庭、妻子、情人，聽到這首歌就流淚，淚停了就希望再聽一次。那種絕望裡僅餘的薄暮般的希望，只有在這首歌裡才找得到。

我看台語電影看出了興趣，一方面藉機學台語，因為想寫小說的我，發現自己的台語能力已經和上一代有很大的差距。也許是時間已移轉，當時認真拍攝的台語愛情片，不管是對白或是動作，現在看來反而有一種喜劇的效果。當時的台語片還有一個特色，就是常常和當紅歌星的台語歌緊緊扣在一起，因此留下的不只是一個時代，還是一種韻味，一種聲音。

有時候這類電影的劇情還是跟著歌走的，比方洪一峰主演的第一部電影《舊情綿綿》，為了把〈採檳榔〉這歌放進去，影片硬是安排了女主角畫著大濃妝採檳榔的畫面。而當〈舊情綿綿〉這首歌第一次出現的時候，竟是洪一峰在房間裡拉著小提琴作曲，女主角和她的友伴躲在窗外偷聽。最不可思議的是她們聽完了還鼓起掌，彷彿是電影院裡的觀眾一樣。劇情後來演到洪一峰北上闖盪，繁華台北的畫面隨著火車搖擺的節奏出現，然後中華商場就出現在電影一晃而過的畫面裡。

第二次則是在看侯孝賢導演的《戀戀風塵》，發現他無意間把我家和當時在「後壁逝（tsuā）」顧車的退伍軍人老李拍進去了。

我從來沒有自己的家被拍進電影裡的心理準備，這就好像你的夢被別人無意間記錄下

吳明益，中華商場，1990

來，並且在公眾前面放映一樣。你的家得在被拆了以後，連同那些在鄰居家寫功課、在鄰居家吃飯、幫鄰居賣東西、像走了一整天山路只是想還同學作業簿的心情，才會成為詩句。我們會從離開後開始懷念被窩、隨時有蟑螂爬過的廚房、塌了一半的書架、拍一下轉五分鐘的卡帶音響，以及那扇關不緊的門。已經逝去的生活空間，就像已滅絕的動物，我們會更鉅細靡遺地懷念、回想牠們活存時的小細節，更珍惜牠們留下來的稀少照片。

一九九〇年，未滿二十歲的我帶著我的新相機回到中華商場拍下一組照片，那是正要脫離某個年齡身軀的我對日夢的最後回首。幸好當時我還不知道一個空間離開的痛苦，如果知道的話，也許照片就不會以這樣的面貌被拍攝下來。那些光影、閣樓、地窖、草屋，安安靜靜，彷彿擺設。

二十幾年後，我用這些照片，和網路上所有中華商場的照片，開始畫一幅關於商場的畫。我越畫越感覺自己對它所知甚淺，彼時年輕人騎的偉士牌是哪一款？「第一牛肉麵」的招牌用的是哪一種字體？引擎突出的狗頭公車窗戶究竟是怎麼開的？對面的新聲戲院在我八歲時放著什麼樣的電影？天橋上寫著什麼標語？我搜尋了將近兩百張的照片，才完成了一幅記憶中的畫面。我的記憶需要照片，那些照片也需要我的記憶。

我多麼著迷於巴舍拉的話語啊。即使商場已然不在，這些年來，我經過中華路附近，就會**再一次**感受到記憶是如何開啟時間之門，讓一個已然拆解的建築重返目前。我常常在過去商場所在的位置放慢腳步，就像自己還穿著卡其制服到站牌去搭公車的樣子。我的左邊口袋放著卡式公車月票（要推出來，一格一格剪的那種），因為不小心和衣服一起放到洗衣機裡洗，所以軟爛了，不好剪了，上車一定會挨車掌罵。右邊褲子的口袋則有一坨洗爛的衛生紙，和兩枚銅板，我媽要我隨時都得帶著銅板，發生事情的時候才能打電話回家。記憶的水流強勁非常，就好像有一隻不存在的，好奇的狗要拖著我去散步一樣。我去散步了，我仍然站在那裡，商場在我身後，火車在我面前匡匡而過，人人百貨的電梯還在上升上升上升……。

那一刻我知道自己離虛妄的回憶如此接近，離虛妄的本身如此接近。而是那虛妄的日夢，讓我得以堅強地活在那個童年場所已然灰飛煙滅的時空裡，我是虛妄之子，我是虛妄之子。

## 註釋

1 加斯東・巴舍拉（1884-1962）是法國哲學家，以詩學和科學哲學聞名，他的代表著作包括《空間詩學》、《科學精神的形成》（*La formtion de l'esprit scientifique*）、《火的精神分析》（*La psychanalyse du feu*）等。他的學說影響了米歇爾・傅柯（Michel Foucault）、雅克・德希達（Jacques Derrida）等重要哲學家。

2 阿巴斯・奇亞羅斯塔米（1940-）生於德黑蘭，是伊朗革命後最有影響力和最引起爭論的電影導演、編劇和製作人，也是國際電影圈裡最著名的伊朗導演之一。在一九八〇和九〇年代期間，國際社會對伊朗持有負面評價時，他的電影展現出伊朗慈悲和藝術的另一面。他的名作為獲頒坎城影展金棕櫚獎（Palme d'Or）的《櫻桃的滋味》（*Ta'm e guilass*）」。

3 羅蘭・巴特（1915-1980）是法國文學批評家、哲學家和符號學家。他的作品影響了包括結構主義、後結構主義、存在主義、符號學等文化批評。他在文學批評上創造了「零度書寫」等術語，在攝影上也創造了「刺點」（Punctum）等術語，均有很大影響。

# 美麗世

*The World Is Beautiful*

正片

# 美麗世

The World Is Beautiful

老人將死之時，眼睛已經幾乎看不見了，他知道這是因為老化所引起的。他的水晶體渾濁了、黃斑部退化，以至於這些年來他所看到的世界迷濛，而且扭曲。老去是一個無法逆轉的過程，是一個向身體告別的過程。

老人回想自己幾乎可說是奢侈的童年與少年時期，他活在一個生活裡充滿傘的世界，如果把那裡生產過的傘一把接著一把撐開，可能可以遮蔽整個大地。他的父親擁有我國最大的雨傘製造工廠，不過他們家的富有並不是從他父親這一代才開始的，他的外婆嫁給了一名鑽石商，而富裕也是為什麼身為猶太人，他們一家仍然能順利遷入莫斯科的原因。

少年慢慢長成青年，最崇拜的對象便是不自矜富裕，私下接受偷渡的猶太人來工廠打工並保護他們的父親。父親賭上全家命運的冒險讓他隱隱生出一種莫名的使命感。一九一七年，二月革命發生，政局動盪，十月列寧發動奪權政變，並且幸運地躲過數次暗殺。一九一八年，反猶太主義開始在這個國家瀰漫，青年一家於是打扮成布爾什維克軍隊押解犯人混離邊境，經過漫漫長路流亡到柏林。

此時正好是上大學年紀的青年，在柏林決定選修東方藝術課程，但他對光學始終有著極大的興趣。他想起七歲那年，外婆送給他一架一百五十倍的顯微放大鏡，這放大鏡剛好跟他的相機鏡頭吻合。他把鏡頭接上顯微鏡，拍下他第一張微距照片：蟑螂的一條腿。在那個微距的世界裡，這條廚房裡小昆蟲的腿震撼了他的視覺。他開始沉迷於這個微世界裡，他用他的顯微鏡相機對準鱗片、花粉，還有水中的單細胞生物。

經過一段時間的努力，他改造出一套顯微攝影的系統，從技術上來說，是「以磁性光來顯露顯微鏡下活生生的內部組織」；以文學性的句法來說，那是用儀器和光打開了人類視覺從未得見的新世界。他的顯微攝影在醫學和自然科學研究時派上用場，漸漸為世人所知。有一回一名納粹黨人希望他能用顯微攝影的技術來區分亞利安人血液和猶太人血液的差別，他想也不想就回答：「不會有什麼差別的。」

他隱隱然感到柏林也將成為猶太人的敵意之都。三十八歲那年，他帶著一架羅萊（Rolleiflex）六乘六相機、一架萊卡相機，開始到波蘭、匈牙利、捷克、羅馬尼亞、拉脫維亞、立陶宛的猶太人社區旅行。長達四年的時間裡，他盡可能生活簡單，使用隱藏攝影機記錄猶太人的日常生活。這一方面是因為傳統猶太人並不喜歡被拍照，另一方面是為了避開納粹黨人的耳目。他老年時常想，這四年來他所受的苦以及堅持的創作意志，竟只是為了在大屠殺前留下悲傷的預言與記錄。

一九三九年，德國反猶太與「反閃族」（anti-Semitism，不只反猶太人，還反希伯來人、阿拉伯人、腓尼基人、亞述人等）運動達到高點，他先將妻兒、照片送離柏林，自己卻不幸被警方以「沒有國家的人」（stateless person）的名義逮捕，關在集中營三個月才脫困前往紐約。

他精通俄、德、法、波蘭、義大利、意第緒語就是不會英語，到了這個新興的大都會，



◄ 羅曼・維希尼克（Roman Vishniac）作品〈The Only Flowers of Her Youth〉，收錄於《A Vanished World》，1938

他更加沉潛於研究顯微攝影的技術，發現這是適合沉默的工作。日後有藝評家稱他「以其精深的醫學技術解剖蒼蠅眼睛的視網膜，而用蒼蠅的視覺來拍出蒼蠅所看到的世界；也就是他把蒼蠅的眼睛當成鏡頭來拍照。」人類第一次，想像蒼蠅這種我們自以為比自己低等得多的生物看待世界，但事實上那並不卑微，而且蘊藏著嘗試解釋另一個獨特世界的自然觀。

他的顯微技術使得他成為醫學、自然科學、生物學研究的重要合作對象，他專門拍攝人類尚不太理解的「存在物的組織結構」：包括蛋白質、賀爾蒙和維他命。他說：

「透過顯微鏡，『自然』、『神』或者任何名稱的宇宙創造者都顯得清晰有力。任何由人類雙手製造出來的東西，在放大後都顯得糟透了——粗糙、不規則、不勻稱……然而在大自然裡，每一小塊的生命都是可貴，而且放大的倍數愈大，引出的細節也愈多，完美無瑕地構成了一個宇宙，像永無止境的連環套。」

他最終活了將近一個世紀，以動物學家、醫學家、東方藝術家、語言專家……等多重身分被懷念。但最重要的是，他是上個世紀最重要也最動人的紀實攝影家之一，而毫無疑問地，他是最優秀的顯微攝影家。

他是羅曼・維希尼克（Roman Vishniac）[1]。沒有他，我們會遲些發現世界的毫末，其實是大千。那是一個過去人類從未見過的美麗世。

中世紀的博物學者不少人都像土耳其作家奧罕・帕慕克（Orhan Pamuk）的《我的名字叫紅》（*Benim Adim Kirmizi*）裡，那些傳奇的宮廷「精密畫家」，擁有寫真的手繪能力。這是因為在傳統上，手繪是除了把生物殺死製作標本外，將那個繁複的自然界留存下來的唯一手段。

寫了《顯微圖譜》（*Micrographia*）的虎克（Robert Hooke）[2]是我印象最深刻的，擁有不可思議手繪能力的博物學者。虎克年幼就對繪畫與科學深感興趣，由於他的天分太過突出，求學時被天文學家塞斯・沃德（Seth Ward）[3]看中，傳授他許多機械與望遠鏡的設計技術，並教育他天文、化學、醫學常識。一六六五年，他初步設計出了一架複合顯微鏡，在鏡頭下他看見了有如房間般的植物細胞壁。左腦是科學家、右腦是畫家的虎克將它畫了出來，從此以後虎克成為獨特的「顯微畫家」。

直到現在，我看到虎克的手繪，不僅震懾於他筆下物種的繁複精細，更深深佩服他超乎常人的耐心與專注力。要繪製昆蟲的複眼，你得如同禪師、如同伊斯蘭教蘇菲教派旋轉苦行

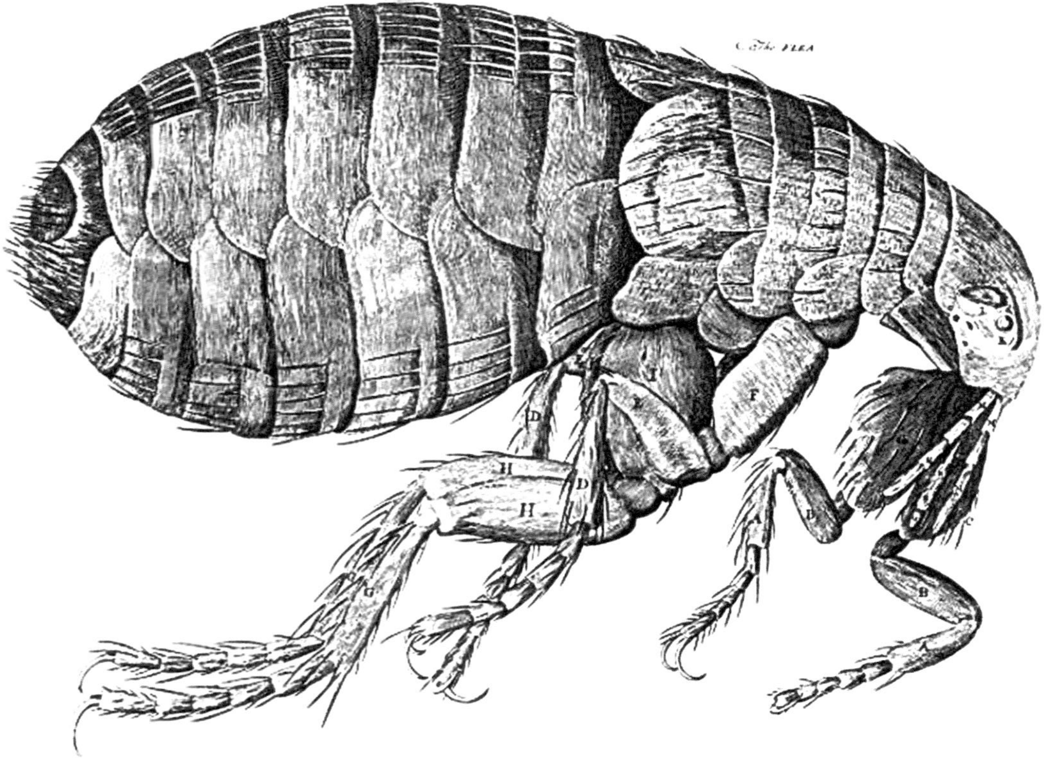


虎克（Robert Hooke）《顯微圖譜》（*Micrographia*）中的一頁

僧侶、如同永不灰心不斷結網的蜘蛛，重述細節的細節的細節的細節：那細節無窮無盡，綿綿緊扣，是一匹沒有盡頭的長布，因為生物的結構就是如此——一種神祕的有機秩序。虎克被稱為「倫敦的李奧納多・達文西」，就是因為他令人驚異的跨界才能。

虎克的《顯微圖譜》本身就可以視為一部藝術作品，手繪也成為博物學者與人類學者的基本能力。一直等到虎克死後一百年，手繪運用在「圖鑑」上，成為自然知識「下放」到一般讀者的中介。每到國外，我到書店第一個走向的書架都是「field books」，正是因為它同時具有科學、藝術，以及「普及化意圖」等幾個特質。

觀鳥的人或許都聽過奧杜邦（John James Audubon）[4]那本現在已成為世界上最昂貴書籍的《美國鳥類》（*Birds of America*）。這位出色的鳥類觀察者、畫家，以十年的時間走過美國的原野、海洋、沼澤、高山……，畫下四百多種鳥類。只不過當時還沒有相機的他，得先獵殺這些鳥，並且在室內以鐵絲固定鳥的肢體，才能精準地掌握鳥羽與身體結構的細節。這本書其實暗示了一個可能性，如果畫家畫得夠精細、夠準確、夠周延，而能讓讀者輕易掌握到生物的特徵，有沒有可能不必再獵殺鳥就能識鳥？手繪這個自然科學的僕役，自此變得和槍枝大不相同。過去為了辨識，科學家勢必得先取得標本，而開槍是必須的，如今大可使用手繪的展示來取代獵槍。人類結識其他生物，遂出現了重大的轉折。

然而手繪需要靠極大的耐心與天賦，即使門檻並不高，卻非人人都有時間、精力去做，因為手繪除了追逐生物的時間外，還得花費大量的時間「重現」。但攝影只要按下快門。

奧杜邦完成《美國鳥類》，與達蓋爾發明銀版攝影法的時間相去不遠，原本被視為一種寫真工具的攝影術有了獨立生命，並開始逐步取代自然科學研究裡手繪的功能。最重要的原因就在於，攝影術是比手繪更被信賴的一種「在場的證據」。這不只指的是攝影者在場，同時也是「物種在場」。還記得《白鯨記》嗎？那個「只有我逃出來」的以實瑪利，證據只有他所說的故事而已。沒有一張照片可以證明那頭白鯨曾經存在，這對文學讀者來說並不成問題，但若是沒有一張照片能證明珍古德（Jane Goodall）[5]和她的黑猩猩家族的接觸，我們總覺得有些遺憾、疑慮，有點不牢靠。相對於手繪，一張照片至少可以被相信：「此物曾在」。

罕見的黑嘴端鳳頭燕鷗經過府城海岸，一隻人面蜘蛛所結的網竟能捕捉白頭翁，行經山脊適逢玉山櫻草有花。此物曾在。此景曾在。

攝影也提供了人類正常視覺以外的經驗，一種「超」生物肉體的經驗。維希尼克為顯微攝影打開了一條路，說明顯微既是「Micro」，也是「Macro」。我曾在《蝶道》裡寫到，這種把細微物事變得肉眼可視的技術，「是攝得更形神祕的腦中的某個角落，去理會本就存在於這些生命中的『精細』與『巨大』。那是實質意義上的，也是概念意義上的。」

除開醫學、自然科學的顯微攝影，攝影史上專以微距攝影知名的攝影家並不多。阿爾博特・藍吉爾—派茲（Albert Renger-Patzsch）[6]是最早吸引我的。派茲所用的微距鏡頭已經很接近我們現在一般攝影者所使用的微距鏡。他拍蛇、花、碗、鈕釦、植物的細節，甚至是城市建築的細節，就好像把城市當成一種生物來拍攝。他的鏡頭似乎永遠疏離、冷靜卻不躲避，它只是直視。像月球一般不帶感情地直視這個世界。

派茲被視為是「新即物主義」（Neue Sachlichkeit, New Objectivity）的代表攝影師，他把一九二八年出版的攝影集命名為《世界是美麗的》（*Die Welt ist schön*，英譯為 *The World Is Beautiful*）。難道直視世界，就會發現它的美麗嗎？

當兵剛退伍時，我第一次聽到「新即物主義」這個詞。當時我把小說稿子寄給宋澤萊老師主編的《台灣新文學》，有一回，他在序中寫某位詩人的作品是「新即物主義」。我後來

奥杜邦（John James Audubon）所著《美國鳥類》（*Birds of America*）其中一頁

阿爾博特・藍吉爾－派茲（Albert Renger-Patzsch）作品〈Fungi Lepiota procera〉，收錄於《世界是美麗的》（*Die Welt ist schön*，英譯為 *The World Is Beautiful*），1928

才知道，「新即物主義」是攝影史上一種重要的風格典型。一九二九年，評論家卡斯特納（Wilhelm Kästner）曾對「新即物主義」的攝影風格做了這樣的解釋：「運用對事物清晰且鮮明的記錄，極致地貼近並產生深刻的洞察，細節的透析，以過濾出事物的抽象結構，並且著重物質的特性。」[7]

透過鏡頭如此極致地逼近物象，那是過去任何藝術都做不到的事，因為傳統的藝術還是得透過人類的感官，而人類的感官是有局限性的。大學畢業不久，我擁有了生平第一支微距鏡，這才發現，經過調整後的視覺感官，確實會影響拍攝者日後看世界的方式。舉例來說，許多喜歡拍植物的人喜歡手持微距鏡拍攝蕨類的新葉，因為它常會在完全舒展前蜷曲為拳形，加上淺景深的效應，蕨的嫩葉便出現了一般人眼所不能見的造型之美。透過鏡頭，我們有了全新的「即物」經驗，萬物成為線條、光影、姿態，它們似乎暫時脫離那個艱難的生存舞台，因而蛻變出新生命。甚至，在我們受演化制約的感官裡帶有厭惡感的生物（比方說蜘蛛、蛇），透過微距鏡，鎖鏈蛇驚人的背斑、華麗金姬蛛寶石般的背甲，也能讓人重新發現線條與生命尊嚴之美。

不只是微距攝影，針對拍攝對象而演化出的多樣化鏡頭，都呈現了人類肉眼原本無法對焦的距離，無法收納的廣角，無法企及的遠方。人眼的快取能力有限，並不能真正看到鳥的每一次振翅，但相機快門不斷突破，此刻的高速攝影機已有能力將一頭熊鷹俯衝時的眼神、每一根飛羽調整風勢的顫動俱皆凝結。

這使得許多生態攝影者在相機放下後，都會經歷一段恍惚時刻（這是專屬於那個非數位時代的美好經驗）：方才是否有那麼一瞬間，壯美的熊鷹透過鏡頭觀景窗，朝我看了一眼？秋毫之末、過隙白駒，一一展現。攝影的黑盒子彷彿賦予人類新的肉體，賦予新的想像。有經驗的攝影者，即使在肉眼未曾見過的微距或遠距世界，也往往在舉起相機前腦海中就已經出現了某種**可能獵取**的畫面，一種「預想」（preconceived）。因為攝影術，大腦竟能創造出超越凡軀的畫面，這就像科幻小說家想像未來，科學家想像太空一樣令人驚奇。它讓我們更加相信，大腦是永遠最前衛的飛行器。

然而，這些超乎人類視覺經驗的照片，似乎又是對人的凡軀的一種評論、一種嘲弄、一種肉體有限的悲傷示現。

一張照片可能是一個指示句，一個祈使句，或一個命令句。記得十幾年前我第一次在北橫某處拍到一隻大紫蛺蝶，那張幻燈片效果並不好，因為是鮮少沖洗幻燈片的店家，所以放置過久的藥水變質了。但多年以後，我路過該處，仍能清楚地指出拍攝的地點，那株青剛櫟樹下。那畫面就像一種指示路標，常留我心；而那張洗壞的正片永將是我的記憶指標，不管它清不清晰。

我也記得看過八八風災的空中攝影畫面，楠梓仙溪過彎處幾乎全被土石掩埋，山勢變形，村子與路一夕消失，除了被挖掘出的屍體，一切都將在漫漫時空中化為碳粒。我常想或許那樣的照片是一個祈使句，一句此地生境對人類行為哀求的祈使句，唯有心上長了耳朵的人方可聽見。

而我拍過的每一張照片都像一個命令句：此景曾在，此物曾在。你萬萬不可，也不可能離棄這個美麗世。

這些年來我結識了不同領域的生態攝影者，有時只是在野地擦身而過。他們或滿身泥濘跪在濕地上、或忍受顛簸面對海風、或站在草原上頂著陽光、或藏身密林之中屏息以待……一張有記憶的生態照片，或許就像寫在黑板上的粉筆、微風吹過稻田時的一行形跡、噴射機在藍色天空留下的白煙尾巴、岩石的聲音、樹葉掉落的色彩、風正在搬運土粒的微細觸感，以及刻意抑止，卻仍在悸動不已的心跳。

但對展開微觀的美麗世給人們的維希尼克來說，這世界未必是美麗的。從一名富商之子變成異鄉的逃難者，維希尼克戰前拍攝的猶太人群像乍看記錄了平凡猶太人的日常，卻隱藏著一段殘酷的歷史。為了這批超過一萬六千張的照片（至今留存下來的僅有數千張），代價是被捕十一次。一九四七年，照片終於獲得出版，書名是《遺忘世》（*A Vanished World : Jewish Cities, Jewish People*）。

這些照片終究沒有即時喚醒猶太人，當然更沒有喚醒納粹黨人。它們的聲音似乎是朝後的，朝向我們。而那些影像說明了，一個如此脆弱、容易堆積灰塵的美麗世，會如此輕易在轉眼間成了遺忘世。

猶太人在二戰的遭遇，使得許多離散者的思考留下了給後世的珍貴財產，其中當然也包括了感情與哲學同樣令人激動的漢娜・鄂蘭（Hannah Arendt）[8]。曾和海德格有過一段婚外情的她，是少數從戰後的報復主義脫身出來，思考「惡的來源」的哲學家之一。

鄂蘭曾在一九六〇年代初，以《紐約客》雜誌特約記者身分，前往耶路撒冷採訪納粹戰犯艾希曼（Adolf Eichmann）的審判。艾希曼就是在知名的萬湖會議（Wannseekonferenz）[9]中，執行「最終方案」的人之一。我曾在萬湖旁的紀念館看過那張貼在牆上的、參與萬湖會議的名單，種族屠殺者脫下軍服走在路上，看起來確實也不過就是個微笑和善的路人而已。

親身聽過艾希曼談話的經驗，讓漢娜・鄂蘭困擾於為什麼一個人會變成屠殺的決策者與執行者？思維的結果便是「邪惡的平庸」（the banality of evil）這個概念。她認為這些納粹黨員或公務員就把自己當成政府機器的一個齒輪那樣，盡力完成他所相信的上司所交付的職責，屏除了道德判斷。也就是說，惡產生自制度，和執行者的平庸性格。一個齒輪不會反省惡，當然也就不會阻止惡。這個論點在某些情境下卻傷害了受難者想以報復來平復傷痛的情感，部分猶太人痛恨漢娜・鄂蘭，和她的對於邪惡的思考。

這個概念太知名了，知名到等同於漢娜・鄂蘭。但有些人可能不知道，她在海德堡大學時，研究的是中世紀天主教經院哲學家聖奧古斯丁的「愛的概念」。愛與惡對揚、爭競間的繁複關係，才是鄂蘭一生思維的總和。愛可能來自神，可能來自自我，可能來自族群，也可能來自異族嗎？愛**曾經**存在她與海德格之間是無庸置疑的，但愛也一直存在於她與後來屈從於納粹的海德格之間嗎？

我有時會想，維希尼克後半生，算不算是一個已被剝奪愛的人。他潛心於顯微攝影的鑽研，彷彿想把世上所有的「遺忘世」，都再次化成「美麗世」。他的欲望化成許多攝影者的欲望，也隱隱然成為某種人類的共同欲望。

但可以想見的是，未來無論攝影術多麼發達，無論能操用什麼樣的顯微攝影技術，都無法找到存在於人身體裡頭的惡，或者愛。

1 羅曼・維希尼克（1897-1990）是俄裔美籍攝影師。他既是顯微攝影的開拓者，也以拍攝納粹屠殺之前的猶太人群像知名。他對光學顯微攝影與延時拍攝的技術貢獻甚大，更令人動容的是作品中的人道主義精神。他晚年並支持猶太人復國運動。

**2** 羅伯特・虎克（1635-1703）是英國博物學家、發明家，以設計製造了真空泵、顯微鏡和望遠鏡而聞名。他並透過顯微鏡觀察細胞的結構，英文的 cell 即由他命名。他也提出描述材料彈性的基本定律——虎克定律（Hooke's law），且提出萬有引力的平方反比關係，也因此和牛頓有相關的論爭。除此之外，他對城市設計和建築方面有著重要的貢獻，是多才多藝的科學家。

3 塞斯・沃德（1617-1689）是英國數學家、天文學家，同時也是一位主教。他在一六四九年提出的行星運動理論，在當時獲得很高的讚賞。

4 奧杜邦（1785-1851）是出生於海地、成長於法國的美國畫家與博物學家。移居美國後，深受美國鳥類吸引的奧杜邦開始他的田野踏查，以及繪製鳥類的工作，甚至導致離婚。他所繪製的《美國鳥類》與《北美的四足動物》（*The Viviparous Quadruped: of North America*），至今都被視為是動物繪畫裡的珍品，在拍賣市場上屢創高價。而為了紀念他而成立的美國奧杜邦協會，是全美最重要的生態保育團體之一。

5 珍古德（1934-）是英國生物學家和動物保護人士。她是第一位全面性地對黑猩猩的生態提出科學報告，並揭露許多黑猩猩行為的科學家。她所創辦的「國際珍古德協會」對環境議題不遺餘力，是最具影響力的國際環境團體之一。

6 阿爾博特・藍吉爾—派茲（1897-1966）是德國新即物主義的代表攝影家，他從十二歲就開始沖洗照片。派茲認為攝影的價值便在能呈現出現實的質感，他的名作《世界是美麗的》結合自然對象與工業形式，又充滿著科學插圖的特質。

7 這段話出自 Sergiusz Michalski 所著《Neue Sachlichkeit: Malerei, Graphik und Photographie in Deutschland》，1919-1933。

8 漢娜・鄂蘭（1906-1975）是美籍猶太人，知名的政治理論家。他與德國存在主義大師海德格（Martin Heidegger）既是師生關係也是情人關係，並與班雅明為好友。一九四一年後她流亡美國，並在一九五〇年歸化美國籍。她同時也是普林斯頓大學任命的第一位女教授。

9 一九四二年一月二十日，一群納粹高級軍官在萬湖畔的一座別墅討論「猶太人問題最終解決方案」（Die Endlösung der Judenfrage），這短短兩小時的會議，決定了人類歷史上最慘絕的種族清洗政策，史稱「萬湖會議」。這次會議的關鍵人物是萊茵哈德・海德里希（Reinhard Tristan Eugen Heydrich），他被賦予在捷克實行猶太人的滅絕政策，因而被稱為「布拉格屠夫」。在萬湖會議後四個月，他在布拉格郊外遭遇兩名捷克傘兵持手榴彈與手槍攻擊而身負重傷，延至六月四日不治。希特勒親自主持海德里希的喪禮，並稱呼他為「擁有鋼鐵之心的男人」，歸葬柏林。

負片

# 美麗世

The World Is Beautiful

偶爾會有學生在進我研究室時，問起那張照片的來歷。

我得把時間撥轉到跟他們相同年紀的時光，那時候我是那麼地著迷於偽裝孤獨與自由的漫步旅行，並且著迷於「看見」這件事。我會搭著平快車到遠方就只是坐在月台上數小時，只是看著不同人上下火車；或者從一個小站沿著鐵軌旁的小路走到另一個小站。又或者在城市、小鎮裡，專走迷宮般、不知道通往何處的小徑，試著盡可能完全避開大路，彷彿那裡有老虎。彼時陪伴我的就只是一台相機。

當時我的相簿裡頭有不少照片，裡頭的風景是我一直沒有機會再去的地方，比方說彌陀。即使台灣這麼小的一座島嶼，也存在著像彌陀這樣一個看起來在情感上渺小的、似乎不會被世界懷念的地方，小鎮的時鐘已經停了，也沒有人替它再上緊發條。

事實上我對彌陀的印象已經幾乎完全消逝了，只剩下那幾張照片。那是個天色明亮的午後，我閒晃走到一間正在搬演布袋戲的小廟前面（是什麼廟也忘了），戲的「外台」實在寒酸，就是一台發財車，側面放了一面布景，演出的師傅只有兩個人，武場則是以放錄音帶代替。布袋戲的布景上頭寫著「陳金龍木偶劇團」，並且有「彌陀」二字，顯示出它的在地身分。小發財車前的觀眾只有三個小學生大小的孩子，兩男一女。小女生跟其中那個胖胖的小男孩完全沒在看布袋戲，他們對我和我手上的相機比較好奇，發現我以後就靠過來跟我說話，不再看戲了。唯一仍面對戲台的小男生則故意忽視我，背著手，站在路邊的花台上。我把相機借給胖男孩跟小女孩，他們把頭湊到觀景窗上，露出驚奇的表情，問我能不能給他們「按一下」。

必然聽到我們對話的小男孩，仍然背著手，偶爾把頭偏過來，用眼角餘光偷看我們。而

吳明益，彌陀，1994

當我把相機對準他時，他就故意轉過頭去，賭氣似地繼續忽略友伴和我的相機。我拍了小女孩和胖男孩和布袋戲車的照片，也拍了假裝看戲的小男孩的背影，並且給小女孩和胖男孩各按了一次快門：他們都選擇拍別過頭去的同伴。

我並不清楚這幾張照片對我的意義，也不曉得對它們的情感標識從何而來，直到有一次，幾位來我研究室談話的學生，看到那張照片，聊起她們是多麼喜歡布袋戲。只是此時電視上流行的，已是被稱為「霹靂布袋戲」的「大仙尪仔」，聲光效果遠超過「金光戲」時代了，而布袋戲的表演也多半脫離了野台，或許可以稱為電影化的布袋戲時代吧。我曾勉強看了幾集，始終沒有辦法進入那樣的世界裡。曾經是布袋戲迷的我，被「新的布袋戲」拒絕了。

也許拒絕進入的是我。我偶爾會試著回想，那天「陳金龍木偶劇團」，演的是什麼戲碼？是正本戲、古冊戲、還是劍俠戲？卻連一點點細節都想不起來。那已經變成一把被釣起來的鬼頭刀，偶爾還會生猛地跳個幾下，迷人的色彩卻已然褪去。

直到有一天，我突然對這麼多年來都沒有產生過好奇的「陳金龍木偶劇團」產生了好奇，於是使用了過往的學術訓練模式，開始蒐尋布袋戲的資料，看是否能找到「陳金龍木偶劇團」。終於讓我在一本《八十八年傳統藝術研討會論文集》裡，發現了一篇石光生教授寫的，題為〈高雄地區掌中戲團生態演變初探〉的文章。裡頭的附錄登載了，成立在一九五〇年，原名「金洲園」的陳金龍劇團。團長陳金龍還有一個弟弟叫陳金雄，他的劇團則稱為「如真園」。

石教授同時比對了一九六〇年的官方記錄，發現當時高雄縣登錄的三十個掌中戲團，僅有七團仍持續演出，多數老戲團皆已歇業、改行、更名，或遷移了。因此在一九九〇年代還看到陳金龍布袋戲演出的我，很可能是這個劇團最後一代的野台觀眾。更讓我覺得興奮的是，陳金龍的師承是洪文選。洪文選對台灣多數的掌中戲迷來說就不陌生了，他是台灣掌中戲的一代宗師，「五洲文化園」的創始人。陳金龍在掌中戲最盛的時代組團，他還曾經演出過「內台戲」（即是舞台設在電影院、電視攝影棚裡的演出）。「五洲」曾經是撫慰了無數台灣底層觀眾的，那麼重要的戲團，但現在記得的人卻不多了。

據「如真園」的團主陳金雄表示，他自己早期都演古戲（即傳統的故事），樂團最多時曾達九人。古戲後來慢慢被戲偶會翻滾、故事緊湊的劍俠戲所取代，樂團也變成使用唱片來伴奏。到最後劍俠戲也開始不受歡迎了，師傅幾乎都改搬演「金光戲」，劇團只剩一些酬神野台的演出機會。

突然間，我明白了這張在那個無所事事時光按下快門的照片對我的意義。那一年還年輕的我和那三個孩子，看了一場洪文選最優秀的傳人之一的陳金龍師傅，幾近沉入暮色的掌中戲。儘管那戲的口白、技巧、故事，無一留存在記憶裡。但那張照片不只是一個畫面，而是一個伏筆，它為了多年後呼喚我在尋找陳金龍布袋戲團過程中，幸運尋回記憶失物的溫暖而存在，我為人生有這麼一段插曲，而且留下這麼一張線索，感到一種難以言喻的滿足。

我一直相信每一張照片都有它存在的目的，就像循著自然原則演化至今的每一種生命，無論是藍綠藻、露脊鯨或迎春花都有屬於自己的生態區位與尊嚴，只是我們一時看不出來，或毫不在乎而已。然而所有生命都有存在的意義，卻不是所有地層裡的煤炭都能成為鑽石，一張會被記得的照片得有除了物理上的存在以外，更深邃的什麼。

從腦科學家的眼光來看，攝影師在街道、森林裡注意新的事物、新的現象，也許跟人類生存的需求有隱性的關聯。人類作為一種沒有利爪、體能並不出色的動物，最強悍、靈活、充滿想像力的武器就是「大腦」。養過貓的人必定知道幼貓如何在童年時期鍛鍊牠們的狩獵武器——爪子，如何在空無一物的房間裡，彷彿在想像某個神祕敵人存在似地重複著撲抓、攫咬的動作。而人類的童年時光幾乎都花在鍛鍊大腦上。

人類活在一個無樹平原、開放林地，隨時可能遇到獵物或獵食者的環境裡，接受天擇、性擇各種情境的考驗。演化學者科思麥蒂絲（Leda Cosmides）[1]說為了對應這種競爭的環境，大腦得處理各種有意識無意識的心智活動，因此形成了各種處理「模組」：狩獵、採集食物糧食、追求配偶、與親屬合作、避開獵食者等等。其他生物的大腦當然也有類似的運作，只是在面對現代社會，人腦須形成的對應模組更加多元、也更離奇。人類社交時的合作、欺騙的關係是其他生物難以想像的複雜，生活內容也充滿變化。人腦約有一千億個神經元，每一個神經元平均約聯結另一千個神經元，因此人腦有一百兆個神經突觸聯結，這些輸入的資訊，統合而成我們的**意識**。我們大腦的神經元聯結的靈敏度與皮質層的活躍，得靠不斷刺激來面對各種新情境，並且產生對應這些情境的反應模組。

想像我們進入一個新城市，就好像我們的祖先踏入一座新的森林。充滿了各種指示路牌的街道，就彷彿殘留各種生物氣味、視覺訊息的林道。這種面對新環境的不安與興奮感，相信許多從事街頭攝影和生態攝影的人都曾經感受到。我們或許可以這麼想，對拿著相機的裸猿來說，森林是某一類攝影者的街頭，而街頭則是另一類攝影者的林道。

街頭攝影不只是拍人事物，也在拍環境。人活在淫濺細雨、太陽、風、霧、閃電、樹的影子的邊緣和黑夜之中；活在馬路標識、商店、盛著拿鐵的馬克杯和閃爍霓虹燈光線之間。有時候用相機進入充滿垃圾、髒亂老舊、猥瑣的建築裡頭，會發現彷彿情人在玻璃上呵氣留言的精緻氣息；走過路燈、空橋、修剪整齊的行道樹下，你會聞到墓石的質地。我常在城市中一走十個小時，甚至整個黑夜，有時候我會想，自己迷戀漫步的理由可能就是這種誘發大腦好奇心的毒癮，漫步成了我活著的見證與理由。

何況在漫步時我的腦中並非一片空白，它有時喚起童年抬便當聞到的氣味：那是班上五十個孩子便當混在一起的氣味，夏季的風正吹上我的前臂，一篇小說從意識底層如浮島般升起，腦中先後響起齊柏林飛船（Led Zeppelin）的〈天堂之梯〉（Stairway to Heaven）和蕭邦（Chopin）的〈夜曲〉（Nocturne），經過轉角時，青春時期的一個吻則和此刻目睹的一個吻疊影在一起。如果仔細回想，就知道一張在街頭獲得的照片不會只是按快門的一瞬，它是一段插敘不斷的敘事，是意識流、蒙太奇。記憶專家會告訴你，一張照片喚起的是「情節記憶」（episodic memory）[2]，這可能是人類獨有的，涉及自我覺知與複雜經驗的記憶形式。

我最早對「漫步」（Sauntering）這個字產生印象是梭羅（Henry David Thoreau）的文章，他提到自己一生中只遇過一兩個真正懂得「漫步藝術」的人。他並試著追索了 Sauntering 的語源學，提到最早是中世紀時一些鄉間的遊手好閒之人，假借去聖地朝聖之名在村中求施捨。孩子們嘲弄這些人，在他們出現時就會高呼「來了一個**朝聖者**」（Sainte-Terrer），這個字便漸漸變成 Saunterer。時移既往，漫步者成了真正的朝聖者。另一種說法是，漫步來自「sans terre」，意思是「沒有家園」之人。漫步者沒有家園，或者說，**漫步者把四處都當作家園**。

我在年輕時把梭羅的漫步規範視為圭臬，他說漫步者一天得漫步四個小時，並且擁有悠閒、自由和獨立。我一直堅持這樣的信念直到教書後，這三者紛紛離我而去，我只剩下漫步了，我只剩下年輕時漫步所拍的照片了。

儘管時間已經過去許久，有的時候當我看到某張照片時，拍照時的緊張與激動情緒仍然高漲滿溢。比方說，在澎湖我將鏡頭對著傳統硓𥑮石屋時，發現鏡頭裡的小女孩正好回頭看著相機，而另一端在窗口的小貓也正好回頭。兩個美麗生命尖銳而帶著指向情感的眼神看著我，軟化我。另一回我在岡山的廢棄舊站拍照，發現前一天還完整的，放在車站裡讓不知道多少旅客整理儀容的一面鏡子被打破了。我在鏡子前面想起童年時，打破家裡一面讓客人穿鞋所照的鏡子的往事，這時一個穿著軍便服的學生從橫越鐵路的天橋上走過來。我舉起相機等待他經過窗戶，等待他的影子打亂原本空間的秩序，變成一張照片。

它們還保持著當時刺激我大腦皮層的活力，拍照時的情節記憶和這些年來我重複觀看時所喚起的新的情節記憶，如同海浪拍打著我，啟發我。

事實上，街頭攝影（snapshot）這個詞本有猛然的、突如其來的、攫咬的意味。那是攫咬住時間的一瞬。這一瞬既出自無意識也出自意識，一瞬前還存在著心理學家所稱的「深戲」（deep play）時光。我們並不是在虛無中「等待」決定性的瞬間，我們是**在深戲中**等待。在活躍的神經元、前額葉的自我對話中等待，等待一張照片在漫步時的伏擊。

美國物理學家與科普作者波寇維茲（Sidney Perkowitz），曾在談到光的特質與眼睛接收時和心智共同作用的關係時，寫下這麼一段話：「在變幻無定的視覺環境中保持高度靈活，正是眼睛與心智組合的特色，讓這兩者具備一種驚人的能力，得以將光所帶來的資訊洪流框限於模式之中。請拿起一張普通的紙來看：在室外，不管是正午略帶黃色的強光，或是日落

吳明益，澎湖，1998

時分微弱偏紅的夕照，紙看起來都是白色；進了室內，在比日光還弱一百倍、可能偏藍或偏紅的燈光照明下，紙還是白的。但要是在清晨或黃昏把這張紙拍成照片，卻會顯現出玫瑰般的色澤及其他種種的差異；你的視覺處理過程會把這些差異加以同化，照相機卻不會。照相機精準呈現鏡頭所攝入的景象，大腦與眼睛則像是一部有色彩校正、自動對焦功能的照相機，而且還會自己尋找目標。」[3]這說出了所有攝影者在面對這個美麗世時共同的困擾：我們拍出來的照片和想像不同。但也因為如此，一個能夠把大腦和眼睛所看到的世界充分表現出來的攝影者是多麼珍貴。

對唯物論者而言，這個美麗世是個客觀的存在；對唯心論者而言恰好相反。但他們都只對了一半，唯有波寇維茲這樣的科學家清楚地知道，人類依藉感官認識世界，再以演化出的腦袋所接受的文化，創造了只存在於心底的「美麗世」。

雷利・史考特（Ridley Scott）改編自菲利普・迪克（Philip K. Dick）[4]小說《機器人能否夢見電子羊？》（*Do Androids Dream of Electric Sheep?*）的經典電影《銀翼殺手》（*Blade Runner*），曾經是我的造夢者。電影故事描寫一個人類派遣人工智慧機器人從事危險太空任務的時代，這些人造人如此逼真，與真人並無二致，讓人無法分辨。他們被植入記憶，唯一缺乏的是情緒反應和移情作用。為了避免他們叛變或程式出錯，壽命的設定因此僅有短短四年。

在一次人造人血腥叛變後，一批第六代人造人來到地球被列為非法存在。特殊警察單位「銀翼殺手」，則被命令追捕這些逃到地球上的人造人並將其「除役」（retirement）。一名半退休的銀翼殺手瑞克・戴克（Rick Deckard）接下這項任務，他因為人造人愈來愈接近真人，而為自己的任務感到迷惘。因為替人造人除役時，愈來愈像殺死真人了。

這部電影最吸引我的是，人造人原本只是「非常接近人」，但隨著被植入的記憶持續沉積新記憶後，那上頭漸漸長出自我意識和情感的植被。於是，在電影裡的人造人看起來充滿感情，而人類反而顯得冷酷無情，並且住在嚴重污染、頹敗如廢墟的城市裡。

由荷蘭籍演員魯格・豪爾（Rutger Hauer）飾演的人造人羅伊擁有見證地球與火星之美的記憶，他逃亡的原因，有一部分就是深怕被「除役」後便喪失那些存在他心靈之中的美麗世。他在臨終時講了一段如詩的經典對白：「我見過你們這些人無法置信之事——太空戰艦在獵戶星座的肩旁熊熊燃燒。我注視萬丈光芒在天國之門的黑暗裡閃耀。所有的那些瞬間，都將在時間之中消逝，一如雨中之淚……」，這既是一段情節記憶的陳述，也是當時由科幻小說家、電影藝術工作者共同創作的一幀宇宙圖像。《銀翼殺手》上映時間是一九八二年，即使我們抬頭看得到距離地球四百三十光年的獵戶座，也難以想像有一天太空船經過它，但這群創作者卻彷彿真的已然得見。

有一段時間我偶爾會害怕自己所拍攝的照片「毫無意義」，它們就像在闃寂深山開放的根節蘭，紛紛開落，從來沒有影響世界什麼。另一方面，我也怕它們「很有意義」，但有一天被發現時卻已褪色消失。就像所有拍照者的矛盾心情，我們深知自己只有幾十年壽命，卻使用了防潮箱、宣稱百年仍不褪色的相紙，把正片放在可以儲存更長時間的無酸套裡。我們希望照片比肉身活得更久，難道是為了預言什麼？或告訴未來的人們曾經發生過什麼嗎？

只是偶爾有那麼一張沒有被照顧的照片，它褪色了、銀粉掉落了、被黴菌腐蝕得不成樣子了，我們卻仍不忍丟棄它。傳統銀鹽照片損壞的歷程和記憶的褪去並沒有太大的不同，長期記憶儲存在腦中的各處，因此你不會突如其來完全忘記某件事，而是隨著時光流逝，逐漸喪失精準、失去強度、清晰度和細節，就像那照片是顯影在玻璃版上，而我們朝上頭呵了一口氣，再呵一口氣，再呵……。但我們仍想盡力保存這些殘骸，彷彿深信殘骸中仍有一切。

吳明益，岡山，1994

它會讓我們想起日本攝影家森山大道（Daido Moriyama）說過這樣的話：「我認為不管身在哪個時代，都會讓人不知道如何是好。但是我知道身為一名攝影師該做的事，就是每天拍照。而且也只有這件事。在這方面我非常單純。雖然世界不會因為我的攝影而有所改變，但是如果我不持續拍照的話，我會連我自己都看不到了。」[5] 我真的害怕的事，或許就是在生活裡連自己都看不到了。

自從二〇〇三年我到東華大學任教以來，研究室門口一直貼的就是小女孩和胖男孩面對著我，小貨車上的戲台還鬧鬧熱熱地搬演著布袋戲的那張照片。而今照片裡的時空已過去將近二十年了，它貼在我的研究室門口也已經十年，由於沒有任何保護措施，它已被時間侵蝕到模糊難辨。不少學生敲門進來時，會先看到它，偶爾也有人向我詢問照片的種種。於是我的故事便從「我年輕時很喜歡偽裝孤獨的旅行」開始，談到照片裡的兩個孩子，另一張照片裡的另一個孩子，「陳金龍木偶劇團」當時演出的一刻，以及那戲棚上畫的，我再也沒有回去的小鎮——「彌陀」。我其實還避開了一些。避開了我童年時和哥哥用手帕綁在食指和中指上，在窗口前對著商場的走廊演布袋戲的時光；避開了我們曾經花幾萬塊跟一個店員（她家竟然就是布袋戲班）買了好幾仙尪仔的事，它們成了我大學畢業製作拍廣告的模特兒。

我還記得那是我一生中最感迷惘的一年（得開始面對工作與否的人生），因此多年之後仍真切地感覺到那張照片給了我一種情感標識，就好像在寂寞的南極冰原上插上了一面旗幟。

直到現在，我都還不曉得人生即將從**後頭**追趕而來的會是什麼樣的未來，但每回打開這些照片，我看到過去在眼前展開，淹沒我、主宰我、搖撼我，質疑我為何放棄獨立、悠閒、自由。這或許可以回頭解釋當時我為何而拍，此刻為何而留這些可能沒人在乎的照片的理由。那個存活在過去、此刻、未來，真實存在或我心虛構的美麗世，我為之神往，也為之憂傷。

## 註釋

1 莉達・科思麥蒂絲（1957-）為美國「演化心理學」（evolutionary psychology）的先鋒學者。所謂演化心理學即是以演化論來探討人類感知、記憶、語言等等行為模式，因為演化心理學家認為人類多數的行為，都是為了解決演化過程中所面臨的問題而出現的。

2 一般認為記憶儲存兩種基礎的資訊：程序型與陳述型。程序型的資訊就像是騎腳踏車、溜冰、綁頭髮等等，讓人保持感知、運動與認知技巧，並且能無意識表現出來的記憶形式。陳述型則是由事實與對世界的信念所組成，比方說台灣是個炎熱的地方、夜來香開花很香等等。多倫多大學的神經科學家圖威（Endel Tulving，1927-）認為陳述型記憶可以再分為兩種：一是語意型，二是情節型。語意記憶不一定和來源或得知的時間地點有關，也不涉及自我的主觀指涉，但可能涉及主觀事實。比方說，我是台灣人，七乘七等於四十九。情節記憶則複雜得多，可以讓人用心智在現代、過去、未來這些主觀時間穿梭旅行，涉及自己、自我覺知、主觀時間這三種概念的交會。參見Tulving E.（2005）.〈Episodic memory and autonoesis: Uniquely human?〉, Terrace, H.S., and Metcalfe, J.（eds.）,《The Missing Link in Cognition》（pp.3-56）. New York: Oxford University Press.

3 辛尼・波寇維茲是出生於紐約布魯克林，一個同時具有藝術與科學知識的科學家、教授，撰寫過大量科學論文。一九九〇年代開始他成為一個科普作者，這段話出自他的科普著作《光的故事》（*Empire of Light*）。他另寫有《Hollywood Science》及《Slow Light: Invisibility, Teleportation, and Other Mysteries of Light》等知名科普作品。

4 菲利普・迪克（1928-1982）是美國最傑出的科幻小說家之一。他的作品以科幻的手法表現了美國政治與社會議題，部分作品則涉及毒品與神學，質疑這個世界的「真實性」，許多思考都超越了他所生活時代的識見。

5 森山大道（1938-）是日本知名攝影家，他的作品特色是粗糙、脫焦、高反差、粗顆粒的影像效果，以及在街頭上與影像的遭遇。這段話出自由廖慧淑翻譯的《犬の記憶》。

# 我將是你的鏡子
*I Will Be Your Mirror*

正片

# 我將是你的鏡子

I Will Be Your Mirror

攝影術發展之初，「肖像名片」產生了很重要的推動作用。所謂肖像名片，就是用自己的照片做成名片。不過並不是所有的人都喜歡把自己的相片當成名片，巴爾扎克（Honoré de Balzac）[1]就非常恐懼照相。因為他相信所有物質的身體都是由多層相互附著的圖像構成，每拍一次照，就會離開一層進入照片中，隨著拍照的次數增加，人的靈魂會愈來愈薄，最後將隨風而散。

巴爾扎克是世界文學的異數，他對寫作的熱情與堅持幾乎到了不可思議的程度。他為了保持寫作時精神清醒，嗜喝黑咖啡，足以苦到讓胃麻痺，據說他曾說過：「我將死於三萬杯咖啡。」

在咖啡的支援下，他寫下《人間喜劇》（*La Comédie Humaine*）這一系列作品共九十一部，裡頭登場的人物多達兩千四百多個。據說這巨大如一座小城市的寫作計畫，靈感可能來自自然史家布豐（Georges-Louis Leclerc, Comte de Buffon）所撰寫的《動物史》（*Histoire des Animaux Quadrupèdes*）和四十四卷《自然史》（*Histoire Naturelle, générale et particulière, avec la description du Cabinet du Roi*）。[2] 布豐在《自然史》裡試圖建構一部涵括地球、動物、植物、礦物知識的百科全書，巴爾扎克則希望能讓這兩千四百多張臉孔，構成一個人間。

布赫迪厄（Pierre Bourdieu）[3] 說：「超過三分之二的攝影者是節、假日的保守主義者，他們拍攝的要麼是家庭節日或者社會集會，要麼是度假場景。」因此家庭中有沒有孩子，曾經對一個家庭是否擁有相機有著緊密的聯繫。（此刻當然已不必然）

在節日中，如果有人手持相機，那麼其他人必會分派另一人來操作拍照的任務，節日似乎有一種不允許你不在相片裡的氛圍，它不允許你逃脫。節日也不接受你選擇自己臉孔的樣子和表情，因為節慶被設定為**共有的**。而拍攝群體照的拍照者按一次快門，得試著抓住二十個人的表情瞬間。當我們閱讀節日相片時會從自己的臉開始判讀，然後才去比較他人的臉，有那麼一刻我們警醒到，人一生中看自己照片中的臉的時間可能超過閱讀其他藝術品。

肖像相片一開始並不是提供那些我們身邊最熟識的人觀看的，因為我們的親人已經非常熟悉我們的臉；肖像相片是給自己看，或者給後人、不熟識的人看的。而公共媒體要求的照片必然具有展示性，這世界上最要求自己照片裡的樣子的人就是藝人與政客，而小報跟八卦雜誌則試著摧毀他們想要建造的形象。

隨著肖像攝影的演化，肖像照有時從「請看相機」，變成「別看相機」，常見的說詞是這樣拍起照來比較「自然」。我們希望把人當風景時請他們別看相機，忽視相機的存在，但人作為一種強調歧異性的生物意義，就在於人本身就是一道風景。凝視鏡頭，讓觀看者也能與被攝者對視，是風景對風景的衝擊、嵌入、融合與邀請。

肖像攝影也涉及環境背景。被稱為「人性見證者」的德國攝影家桑德（August Sander）[4]拍下了德國一個世代工作者的群像。他拍攝的扛磚工左手扶著肩上的磚頭，右手叉腰，眼神強硬，直視鏡頭。「失業者」則脫下帽子，雙手垂下，眼神避開鏡頭。一次大戰戰敗後的德國被戰勝國要求重建戶籍檔案，因此每個人都得拍攝一張肖像照，桑德因此留下大量戰敗國子民的容顏，時代的肖像。

這讓我想起日本人殖民台灣時大規模地拍攝了各原住民族的臉孔，他們也喜歡在鄉間的椰子樹下拍照，以作為身處南國的證明，即使是室內攝影棚的布景亦然。彼時太陽帝國仍未日落，風景亦是從屬於人類占有行為的證明。陳傳興在《銀鹽熱》裡指出，日本帝國最早有計畫地以影像記錄台灣，展示了「日本帝國在想像領域裡占據了泛視的優先觀看位置，相對地，清政府面對這塊化外之地的態度仍舊停留在視而不見的盲闇狀態。」

我有時候會想，拍攝人的臉或人的生存處境，能不能也算是一種「生態攝影」呢？憑什麼肖像攝影獨立於其他生物之外？

或許是由於人會扮裝，且需要扮裝之故。波蘭前衛藝術家維特凱維奇（Stanislaw Ignacy Witkiewicz）[5] 被認為是自拍攝影先驅者，評論者稱其作品賦予人類用攝影進行自我審視的涵義。維特凱維奇扮成牧師、藝術家、法官、囚犯自拍，直到一九三九年聽到蘇聯入侵波蘭後自殺離世。

人的一生所扮演的角色往往超過任何一種動物，因此人臉將或許是生物面容攝影裡最複雜的一種，它棲居著時間、白日夢、野性與神，無言與萬語千言。

關於將萬物視為一種「資料」的攝影，一九九二年在巴西召開的地球高峰會，或許是促成人們改以膠卷、數位模式記憶下野生世界的開始。當時與會人士發現物種滅絕速度實在太快，於是在當年簽訂的「生物多樣性公約」第七條，要求簽訂國以公部門的力量，投入管轄範圍內的物種普查，編纂各類動、植物誌，建置生物資料庫，而這資料庫裡，影像記錄便扮演了重要的角色。二〇〇一年成立的「全球生物多樣性資訊機構」（GBIF, Global Biodiversity Information Facility），就是這樣概念下的國際合作呈現，它設想每個國家把他們領土中所屬生物的形象上傳，於是我們有了一本地球生物圖鑑。

要到攝影術的技術成熟後，人們才開始有機會長時間注視食物以外的、各式各樣活生生的生物奇特的臉，而不只是把牠們被獵殺後的頭顱掛在牆上。當我們透過科學理解了這些器官的生理構造後，就發現牠們的臉和人類的臉並不相似。那是為了另一種生活、另一種環境處境、另一種存在意義所構造的臉。與我們的同樣神聖，但並不依循我們的規則。

草食動物或被獵食動物的臉上，眼睛通常位於兩側，這是因為能產生廣角的視覺效果，警覺獵食者隨時可能出現的身影。但對獵食者來說，判斷和獵物之間的距離才是最重要的，因此眼睛通常位於正面。草食動物的下顎突出是為了咀嚼方便，四肢落地的動物臉上突出的顎和利牙就像往前伸出的矛，是一件長兵器。而人因直立而導致顎失去攻擊武器的意義，與其他的大型猿比較，人的下顎往回縮，臉部也變得平坦了。

由於臉的定義來自於人，專指有眼耳鼻於其上的部位，因此除了脊椎動物外，很多生物看起來臉的構造相當怪異，比方說昆蟲。黃仕傑先生用影像寫了一本《昆蟲臉書》，為這些被人類忽視的昆蟲們拍了肖像。而另一些則彷彿「沒有臉」，比方說牡蠣、藤壺、蝸牛⋯⋯。

人會凝視他人的臉，根據研究，這是為了辨識親族、族群的緣故。人凝視他人的臉第一個注視的焦點往往是眼睛，眼睛裡似乎有靈魂棲止，也是包法利夫人真正美麗的所在。我常想，這跟生態攝影家往往強調盡量要把焦點對在動物的眼睛上可能有關，唯一的例外是拍攝蝴蝶或某些甲蟲，牠們身上的花紋比眼睛更能表現出獨特性。

日本的原住民阿伊努人（Ainu）殺掉熊後會把牠們的眼珠挖掉，因為他們相信熊是山林的神明之一，力量懾人，但一旦失去眼睛就無法報復。英國探險家薛克頓（Ernest H.

翻拍自《地下絲絨與妮可》（*The Velvet Underground & Nico*）唱片封面

Shackleton）[6]帶領那支知名的南極探險隊，駕駛「堅忍號」被冰困在冰原七百天是探險史上的奇蹟。當他們駕小船求援時，最怕遇到的生物是殺人鯨，因為牠們可能基於遊戲的心態把小船弄翻，讓全隊喪命。薛克頓在筆記裡寫道：「殺人鯨是自然界的傑作，神祕而邪惡，與爬蟲類動物類似的雙眼令人不寒而慄，眼中顯露出哺乳類動物所具備的高等智慧，讓人難安。」

拍照時我喜歡注視生物臉上的眼睛，我們在鏡頭裡和另一種生物的眼睛相遇，那震動不下於一個吻。一直在微距鏡頭裡盯著一隻霜白蜻蜓的複眼，你會以為牠每一隻單眼都在看著你，每一個微細、星球似的單眼，裡頭都有你的存在。就像「地下絲絨與妮可」（The Velvet Underground & Nico）那首〈I'll Be Your Mirror〉所唱的：

我將是你的鏡子
反映你是誰
如你仍不知曉
我會是風、雨和日落

是你門上的光，表示你在家

當你以為黑夜已經看透你的心
內在那些扭曲的、不仁的
讓我在此，讓你知道你是瞎的

……

攝影機最常被使用來視為人體器官延伸的比擬，就是眼睛。而相片也常造成我們彷彿照鏡子的效果。事實上可能從西元前六千年左右，人類才生產出第一面鏡子，那是從土耳其古城恰塔爾許于克（Çatal Hüyük）出土的，用黑曜岩磨成的鏡盤。鏡子因為能呈現出自我的形象，而被視為具有魔力，有很多傳奇故事把鏡子說得像一個生物，它似乎能記憶在它面前發生過的事。又或者，鏡子裡頭藏有另一個和這個世界平行的鏡中世界。《愛麗絲夢遊仙境》的續作就叫做《愛麗絲鏡中奇遇》（*Through the Looking-Glass, and What Alice Found There*），它事實上是一部不亞於前者，根源於物理學與數學的奇幻之作。

這些隱喻似乎都可以放到照片上。當我們看照片時就像面對鏡子，只是照出的不是此刻的我們，那是兩個時間點的自己的對望。

人作為有意識的被攝者，和被拍攝的生物，有著極大的不同。知道相機如何運作的人們會想像自己變成照片的樣子，但沒有一種生物會預想自己成為什麼樣的一張照片。再聰明的生物（如黑猩猩）可能辨識出照片裡的同類和自己，卻無法理解「被拍照」的意義。人類的照片往往會互相模仿，我們在風景區、在用餐時、在與家人聚會時都各自發展出一套「拍照策略」（或做手勢，或唸某個詞彙以保持微笑），這種被攝者的模仿，讓布赫迪厄講的節日照片無聊、單調而且重複。但被拍進照片的生物不然，被攝者互相模仿的情況不存在，僅存的是攝影者的相互模仿，它們成為人類文化生產的一部分。這些照片裡的生物姿態永遠在教育我們什麼叫「自然」，或者說，在我們的文化背景下，我們怎麼看待自然。

我們看到攝影術成為歷史或人類學工具之初，有無數在世界各個角落，被殖民者「發現」的原住民，或面無表情，或群聚於部落，或被指示以節慶祭儀的華麗服飾出現在鏡頭前面。他們對著相機獻出自己，卻多數不知道拍照者的目的。彼時也有不少攝影者把這些原住民視為「異類」而非「異族」——他們是具有獸性的動物，或許可以當成奴隸，但絕不可為「人」。

沒有一個生態攝影家曾獲得所拍攝的珍稀動物的應允，我們一切的動物照片都是竊取的，並且造就了一部部竊取而來的「人間喜劇」、「動物史」、「自然史」。我們或許應感謝動物無償地給予我們影像上的版權，因為這些照片讓我們更理解自己。

在演化學之前，人類多數文明除了把動物馴養成牲畜或當成獵物外，還可能把動物視為具有特殊力量的神祇。許多部落甚至把自己視為某種生物和人交媾之後的子民，這可以從圖騰崇拜、獸神信仰或薩滿（shaman）儀式看出來。而在人類力量逐漸強大後，漸漸把自身定位為天地間最獨特的，足以宰制自然界的生物。但人類獨特嗎？

近代生物學與演化學研究告訴我們，包括製作工具、符號想像、自我意識，都可以在黑猩猩或巴諾布猿的行為中印證，甚至連語言使用這項人類專利都搖搖欲墜。一些人類豢養的猿觀看大量照片後，牠們通常會把自己的照片放在「人」那一類，卻把其他種的猿或猴子的照片放到「非人」那一類。這似乎可以反映出和我們一樣的自我中心主義觀。

許多研究者苦思，道德情感會不會是人類與其他生物間差異的最後一面牆？關於這個思考，社會生物學（sociobiology）學者最擅長把生物當成一面鏡子，來反觀人這種生物的「自性」。他們承認人是「動物演化鏈上的一環」，並推斷人類許多行為背後，根本上是源於動物性，那包括我們認為的，神祕高貴的愛情。

社會生物學的代表人物威爾森（E. O. Wilson）[7]從一九七八年出版了極具爭議性的《論人性》（*On Human Nature*）後，一生都在處理一個同樣的議題：人究竟是基因的奴隸，還是具有自我意志的自由靈魂？威爾森自我詰問：「如果大腦是由上百億細胞組成的機器，而精神可以解釋為許多化學和電反應之和，人類的前景就是暗淡的——我們是一群生物，靈魂不能自由飛翔。如果人類進化根源於達爾文的自然選擇，那麼我們就不是上帝的造物，而是遺傳變異和環境中必然性的結果。」

威爾森日後最被攻擊的，多半是認為他偏向「人類是一群生物，靈魂不能自由飛翔」的那一邊。對我而言，這卻是社會生物學者最有價值的提醒：不論人類文明走得多遠，我們的身上都帶著演化的基因。事實上，威爾森也多次強調，人類的社會進化是沿著「文化繼承和生物上的繼承」這樣的雙重軌道往前進的，我們從祖先那裡繼承了攻擊性與性反應，也繼承了利他主義的教育或宗教的教育。只是「人類只是一群生物」這樣的觀點終究太傷人類的心，一面鏡子擺在我們眼前，我們卻不滿意自己的長相。

這是為什麼珍古德團隊發現黑猩猩也會對鄰近群體「發動戰爭」時，深受這種陰暗面震撼的緣故。「高貴的野蠻人」（noble savage）不存在（或者說不周延），「高貴的猿」也不存在。由是，珍古德在回首自己的研究生涯時，遂說出這樣的話：「這就是人這種猿類：一半是罪人，一半是聖者，從遠祖繼承了兩種對立的傾向，時而傾向暴力，時而傾向愛與憐憫。」而她這一生中最希望的，就是能一刻得以用黑猩猩的眼睛、用黑猩猩的心來觀看世界，因為「設若有一分鐘可以如此，它的價值就勝於終生的研究。」珍古德認為自己身而為人，受制於人的觀點，對事物的看法也隨之受到囿限。身處某種文化場域裡的人，甚至難以採取其他社會文化的觀點來觀看世界，她一生從事的志業就在破除這樣的歧見。

我常想，無論是威爾森或是珍古德，他們必曾在直視動物的臉時，看到了自己某個角度的臉龐吧。

部分科學家曾經獨斷地說，科學有一天能主導人類朝向未來的知識。毫無意外地，能「寫真」的攝影術就被納入其中一環。但信念有時會引發荒謬的手段與結論，像是義大利犯罪學家龍勃羅梭（Cesare Lombroso）[8]所做過的那個實驗：他結合顱骨測量、面相、骨相學，用照片試圖比對出「誰最可能犯罪」的臉型。不過那是徒勞無功之事，因為人們發現，許多犯罪者擁有甜美、英俊的面孔，他們甚至眼神溫柔、態度親切。人是如此擅長隱藏自己，即使一生中自拍一萬張照片，你可能也無法在其中周延地歸納出自己的所有特質。

但好的攝影師常常能讓我們永遠記住某張照片裡的臉。比方說吉賽爾・弗倫德（Gisèle Freund）[9]在一九三八年拍的班雅明。那個扶額沉思的土星氣質形象，永駐世人心中，彷彿班雅明一個世紀、兩個世紀、三個世紀都會用手支著頭頸，這麼憂鬱下去。而菲利浦・哈爾斯曼（Philippe Halsman）[10]拍攝的達利（Salvador Dalí），就和他的畫架、椅子、畫作、貓和自己捲翹充滿嘲弄的鬍子，永遠頑皮地懸在空中（哈爾斯曼其實留下了連拍的底片，但落地時的達利，永遠不如飛起來的達利迷人）。我記憶最深刻的人像攝影，不用說就是布列松所拍的卡繆（Albert Camus），他叼著菸回眸看著仍在時間之流中的我們，那神情既孤寂又自信，彷彿知道這個眼神所傳遞出來的腦袋裡的思想必會不朽，且已然不朽。

然而也有認為自己一生未留下任何能表達自身「氣質」的照片的人。羅蘭・巴特盛讚上個世紀最會拍攝人像的攝影家之一的理察・阿維東（Richard Avedon）[11]為美國勞工領袖菲力浦・藍道夫（A. Philip Randolph）所拍攝的照片，呈現了藍道夫「善良」且「毫無權力欲」的氣質。「氣質就像一道光明的影子伴隨著身體。一張照片若不能顯現氣質，身體便如少了影子，影子一旦切除，只剩下一個貧乏不育的身體，猶如無影女子神話中所描述的。」他抱怨自己曾上千次被上千位攝影家拍照，卻都「不能成功地表現我的氣質。」巴特不禁自問：難道我身上沒有氣質這樣的東西嗎？他在《明室》（*La Chambre Claire*）裡感傷地寫道：「我的形象將長久留存下去（或只限於相紙留存的時間），但留存的只有我的身分，而非我的價值。」顯然他對一生中的照片都不滿意，卻對自己曾經創造出的思想價值頗為自得。

我曾經想像過自己成為一個人像攝影師、生態攝影師，後來我知道這將只會是我一生的夢想（或幻想），因為化身為被拍攝者的角度，把被拍攝者當成自己的鏡子是非常困難的事。那不是一廂情願的感情投射就可以，還要對被攝者有**真正的**理解。從這個標準來看，我可能沒有資格拍任何一個人，或任何一種生物。

由於攝影器材的普及，現在拍攝生態照片不再那麼困難而昂貴了。但我有時會看到一些沒有故事的照片，用餵食、引誘陷阱、強制修整場地所拍出來的生物照片，照片裡的動物或許仍保有一種生物性的美，卻難見「氣質」，無法吸引我。一個好的生態攝影師得潛水時長出魚鱗，走在山徑時長出羊蹄，爬到樹上如竦然準備飛行的鳳頭蒼鷹，俯身在草叢像眼鏡蛇把肚腹貼在地上，他才可能接近珍古德所說的，接近被拍攝對象的心情看待世界的角度一點點。而唯有彼時，他才能體會桑德所說的，「照片就是你的鏡子」的真義：

我將是你的鏡子
反映你是誰
如你仍不知曉
我會是風、雨和日落
是寬尾蝴蝶、孟加拉虎、長尾信天翁，在你願意殉身之所[12]

我將是你的鏡子

布列松（Henri Cartier-Bresson）所拍的卡繆

1 巴爾扎克（1799-1850）是法國作家，寫實主義最重要的代表人物之一。他的《人間喜劇》，拓展了現代小說的空間，把史詩、繪畫等藝術融入小說敘事中。雖然他的小說充滿對社會的批判，但他贊成漸進式改革，而非革命。

2 布豐（1707-1788）是法國啟蒙時代的數學家、博物學家。布豐發現了地理環境會影響生物型態，因而被視為地理生物學的開拓者。他也觀察到人與猿的相似之處，並且提出行星是由太陽與慧星碰撞而成的說法，這讓他飽受教會譴責。他生前出版了三十六卷《自然史》，死後再出版八卷，尚有六卷未完成，是他的代表作。

3 皮耶・布赫迪厄（1930-2002）是法國知名的社會學家、人類學家和哲學家。他最重要的著作《區隔：品味判斷的社會批判》（*La Distinction : Critique sociale du jugement*）被國際社會學協會評定為二十世紀最重要的十部社會學著作之一。布赫迪厄開創了許多調查架構和術語，如文化資本、社會資本和符號資本，以及慣習、場域或位置，和象徵暴力等概念，以揭示在社會生活中的動態權力關係。布赫迪厄並不是一名出世的學者，他和左拉、沙特類似，都積極投身於社會活動之中，一生爭議不斷。

4 奧古斯特・桑德（1876-1964）是德國二十世紀最重要的人像攝影家。他採用旅行的方式為各地人民留下肖像，並且進行了大規模的人像建檔工作。他將這批照片分為「農民、熟練的工匠、女人、不同類別的專業者、藝術家、城市，以及無家可歸之人」。一九四四年的大轟炸讓他部分作品毀損，令人惋惜。

5 史坦尼斯瓦夫・維特凱維奇（1885-1939）是波蘭詩人、畫家、小說家、哲學家與攝影家。他是一位全能的藝術家，小說成就亦很高。畫作亦以肖像畫為主，充滿了自我省察的意識。

6 恩內斯特・薛克頓（1874-1922）是同時擁有英格蘭、愛爾蘭血統的著名南極探險家。他以曾帶領「獵人號」（1907-1909）、「堅忍號」（1914-1916）的南極探險的經歷聞名於世。「堅忍號」被困在浮冰中後沉沒，薛克頓一行人歷經種種驚險才得以脫險。這些經歷都寫在其著作《極地》（*South : The Endurance Expedition*）裡。

7 愛德華・威爾森（1929-）是美國生物學家。他是世界頂尖的螞蟻專家，並以社會生物學理論聞名。這派的學者認為演化的基本概念是基因，而人類許多行為均可以用演化學來解釋。他的研究引發許多道德爭議，但也漸漸獲得神經科學與遺傳學的證實。

8 切薩雷・龍勃羅梭（1835-1909）是義大利犯罪學家、精神病學家。他不接受犯罪源於人的自由意志和功利主義的理論，強調生理因素對犯罪的影響。因此他試圖從犯罪人和精神病人的顱相、面相方面判斷犯罪的傾向。他認為犯罪是一種返祖性（即回到動物性），故從解剖學上來著手，判斷罪犯多具有有坡度的前額、不同尋常的耳朵、不對稱的面部、格外長的手臂以及其他的「生理特徵」。他的研究方法後來被稱為「刑事人類學派」。龍勃羅梭偏向顱相學的理論，在一九一三年被查爾斯・巴克曼・高靈（Charles Buckman Goring）的《英國罪犯：統計學研究》（*The English Convict : A Statistical Study*）以統計學的研究方式反駁，漸漸失去影響力。

9 吉賽爾・弗侖德（1908-2000）是出生於德國的法國攝影師，以肖像攝影聞名。她拍攝了許多作家的肖像，同時也投入紀實攝影。

10 菲利浦・哈爾斯曼（1906-1979）是出生於拉脫維亞的美國攝影師。他最著名的是與超現實主義畫家達利的合作，達利作品部分構圖靈感來自於他。他一生中拍攝了許多名人，包括希區考克、瑪麗蓮夢露和畢卡索。

11 理察・阿維東（1923-2004）是美國時裝與人像攝影師。他的作品幾乎刊載在美國最重要的幾種時尚雜誌上，被視為是最能捕捉被攝者個性與靈魂的攝影師。《紐約時報》刊載他的死訊時評價：「他的流行和人像照，定義了美國過去半世紀的風格、美與文化。」

12 這段詞已經過我的修改。

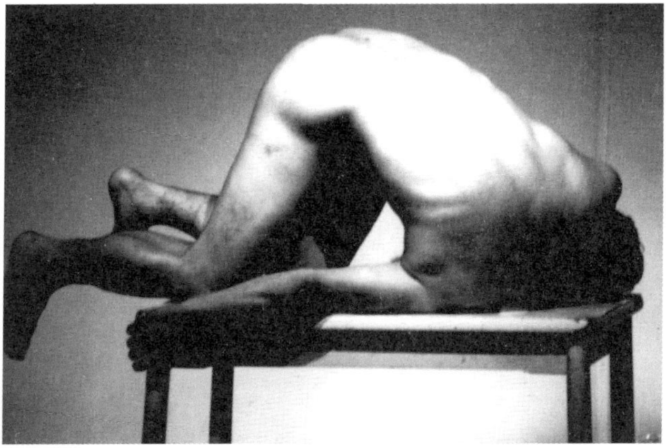

日本表演藝術家霜田誠二來台灣表演《On The Table》時，正好由當時在誠品藝文空間工作的我擔任攝影。那是我第一次從人的身體感覺彷彿看到人的臉，人的內裡。

吳明益，台北敦南誠品藝文空間，1993

負片

# 我將是你的鏡子

I Will Be Your Mirror

在實體的宇宙間，愛與正義既不存在，刻毒殘忍也屬渺然。

——薩拉馬戈（José Saramago）《薩拉馬戈雜文集》

## 深夜市集

有一段時間夜間步行是我的興趣。從紅樹林出發往台北城去，或從台北城到淡水河的盡頭，我盡可能遵從馬克思的指示，不走同一條路。路因此有了啟示、有了變化、有了曲折。

萬華我確確實實是每條路都走過的，遊民大約十一點以後，等店家結束營業開始用紙板鋪床。睡眠的範圍包含龍山公園、和平西路、廣州街局部騎樓。以步行者而非以睡眠的觀察角度來判斷，夏天夜間暴雨的機會並不多，最難熬的莫過於蚊子。露宿者會點一小截蚊香，幾個人共用。冬季台北很容易夜雨，露宿過的人必會知道，有一個好的「地墊」是多麼珍貴的事，否則一定一夜數度被寒氣逼醒。真正的冷來自土地，而非空氣。遊民使用的多半是紙箱，以及撿來的睡袋，這樣的裝備以我的經驗來說，得非常疲憊才能入眠。有的遊民似乎在這樣的環境裡養成了獨特的睡眠習慣。有一位總是戴著安全帽，坐在公園的椅子上頭靠著一個大包包入睡，幾乎每天的姿勢、位置都一樣。或許這樣的睡眠姿勢也暗示著什麼吧。

由於多次在附近步行到天亮的經驗，我因此記住了一些街道活動的細節：諸如和平西路的早餐店是凌晨五點開始工作，一間傳統香舖會更早些，老闆會在拉開鐵門後，先對著最裡頭的祖先牌位上香。六點後要搭捷運的人潮便已聚集，此時露宿者得散步回廣場的座椅上繼續假寐。騎樓夜間也不是個容易入眠之處，性工作者在和平西路幾乎是與露宿者使用同一條騎樓，人來人往，彷彿夜間市場，有些客人還會把機車騎上騎樓。在這樣的情況下，一般人會認為街友總是精神不濟、動作緩慢懶散。然而我心底深知，這是因為身體狀況長期在這種生活品質底下，再堅強的漢子也撐不住。

以這一區街友的常態數量，我算過兩次大抵都接近百人。街友不僅有男性，也有數名女性，有「幾對」街友顯然是伴侶，我曾在夜間經過時，看到他們相擁在公園走道的地板上入眠。我不曾假裝關心與他們實際談過話（我找不到理由，說服自己心底是「真的」關心他們），只是像個影子一樣在他們的生活範圍裡來去。我注意他們的食物、抽菸的品牌、走路的速度、與虛空對話的神情，乃至於偶爾在他們的世界裡，穿透進去的另一個世界的標誌。比方說偶然撿到一件 The North Face 的外套，或羽絨睡袋。他們就像漂流在城市裡的另一座島嶼的子民，微薄的運氣對他們而言，比我們重要得多。

我還迷戀昆明街與廣州街交叉的路段，自食其力的半街友半攤販的二手攤商，那是和士林夜市完全不同的「深夜市集」。通常凌晨開始，攤商帶著布包鋪地，然後把自己帶來的東西一一擺出來。舊鞋舊衣是基本類型，我還看過賣舊電鍋、螢幕、法器、A片、字畫⋯⋯各種物事，有一次看到一個孩子時候很嚮往得到的圓玻璃球，球體內利用水與化學液體比重的差異，製造出雪緩緩落下的小鎮風景。

如果你的童年不像我在商場度過，一定不會相信那些舊鞋也會有人買。我想起以前如果有客人買了新鞋不要舊鞋，我父親都會把舊鞋留下來，因為每個月初都會有一個老伯伯來收走。他會把那看起來已經沒辦法再穿的舊鞋修修補補，拿到萬華以前的舊市場賣，一雙五十塊。這世界上沒有真正不能再使用的東西，只有被拋棄的東西。

有時候你會從某一個小攤所賣的物事裡看到故事。我曾拍過一個攤位，那天晚上老闆賣的商品是兩台轉盤式電話、一台按鍵式電話、一台電晶體收音機、一台多功能的CD player、一個遙控汽車的輪胎造型的菸灰缸、一個裝飾用的牛角、一個新娘娃娃和一個巫婆娃娃。如果你仔細看，會發現左下角還有一支傳統手錘秤。那天我回去的路上，一篇小說漸漸在心底成形。

我跟你一樣懷疑過這些夜間市集的顧客會是誰？事實上許多客人顯然早已識途，都會帶著手電筒來挑選，特別當他們要買的是字畫或是古玩。但也偶爾是獲得收入的遊民（來自乞討或領得補助），來買一雙鞋，或一件衣服過年。我遇過原本站在一旁的性工作者，發現一雙二手的高跟鞋興奮地像東區逛精品店的少女，她和攤位的老闆撒了個嬌，顯然用很實惠的價格得到那雙鞋。我可以想像她美麗而剛剛衰老的，擦著粉色指甲油的腳放進那雙鞋的情

深夜市集的小販。

吳明益，萬華，2012

景，那讓我感傷，也讓我著迷。

不可思議的是，原來夜間警察也是會趕這些攤商的，巡邏車走過市集附近，會刻意停在性工作者駐足的幾個重要路口，她們遂短暫地消失在街景裡頭。大約五分鐘內，就再次紛紛回來。

啊，這就是這個歡樂城市的小小工具間、後台，油膩膩的機房與地下室。

或許像我這樣自視為智識階級的人，對這樣的地方總是避如瘟疫，自認道德無虧者因而提議「驅趕」這些遊民的粗糙手法，就像有人希望惡劣的天氣能帶走淡水河畔的垃圾般天真。事實上這一切並不會消失，它們會在城市的另一個地方、海洋的另一處，默默再次聚集成島。

即使在歐洲，露宿者仍然存在，只有露宿者才會遇上露宿者。丹麥的街友或許穿著西裝撿拾寶特瓶以換取一克朗的超市兌換券，在柏林市中心的露營區，我也遇過長期住宿的另類「街友」。這世界不是每個人都能運轉得順暢如意，因而或許只剩一頂小帳篷也得堅強地把生活過下去。

有一次看到一篇對斯德哥爾摩機場經理的訪問，記者問他對國家如此高的課稅額有沒有意見？那位收入大概是我六倍的經理說，我不希望在我的國家有人過得辛苦，露宿街頭，如果我們的政府努力去做，那樣的稅收就可以接受。他指的當然不是用冷水噴遊民或洗公園這樣的手法，而是其他。事實上，這地球上最完美的政府也沒辦法完全做到讓每個人過著幸福的日子，但思考處理這類城市問題，最有效率的方式通常也就是最差的方式，那必然是剝除了艱難的思考後，所顯露出的粗暴本質（就像看到流浪狗就打電話給捕狗隊一樣）。在二〇一一年冬天台北市公園路燈工程管理處深夜灑水驅趕露宿者的事件裡，我有時候會想，促成此事的應曉薇議員並不需要「懂得遊民的苦」，她得先懂得自己的苦才行。不同情、不自責地往自己裡頭，找到畏懼這些生活辛苦的人的根源，是人類最難做到的事之一。

所以我真心的，不那麼有嘲笑、責備應曉薇或其他官員的動力。正如我也不敢隨意嘲弄白冰冰，認為臺灣如果選出女總統就會像泰國一樣淹大水的看法一樣。因為我八十歲的母親，也認為女人當總統是不可思議的，甚至不可原諒的事（嚴重到連神祇都無法原諒這樣的事）。他們並沒有在道德上誤判，或理性知識上犯錯（這和我們支持街友的生存權一樣），一個時代的知識背景會創造一個世代的人。差別只是在於我母親不會盲目到以為她可以為總統助選，或為「清潔城市」這樣的議題代言而已。她謹守自己能力與生活的本分，那樣的判斷因此沒有「傷害性」，我在長期溝通後發現她不可能改變這種根深柢固的判斷，遂不再給她壓力。她會選擇繞過這些受傷的人，就像繞過曾經受傷的自己。

每當這種時候，我就稍稍有了勇氣。因為這讓我相信所謂的「書」與知識，或許真的可能是跨越某種人性障礙的力量，能讓我們不同情、不自責地往自己裡頭，不需要實際體驗，就多多少少找到人生而為人時，苦的根源。

在城市夜間步行的經驗裡，我至少有超過一個月的時間在萬華區從深夜待到清晨，偶爾走到西門町的二十四小時麥當勞吃早餐，那是一間會有街友當成臨時旅館的麥當勞。我趴在桌上和他們一起疲累地睡著，耳畔盡是他們的打呼聲。清晨時，他們也會拿出一天乞討（或營業）所得，買一份「有氧早餐」，重新走出店外，深吸一口氣。

剛開始夜行城市時，我多次想帶輕便相機偷偷拍下街友、夜間市集、麥當勞旅館許多讓我心弦震動的畫面，但始終無法真的把相機對準並未熟睡，或活在某種夢境裡的他們，只好朝向他們可能看出去的風景。沒有人允許我留存他們的影像，而我也並不真心想走進這些人的內心。直到我的夜間散步超過一年，甚至開始像有默契似地**認識**了街頭的一些人，我才覺

清晨開店的香舖。

吳明益，萬華，2012

得自己夠資格打開我的相機。直到如今，我仍然對我的相機能否訴說這些影像感到懷疑。1

我有時候會想，居民恨骯髒的影子是必然的，我們也會恨自己如果終究有一天要面對這樣的生活。只是或許人多半不理解，那恨可能來自對生存的恐懼。

而我終究只是夜間市集裡的一個影子，只是此刻至少我不相信，在寒流來襲時以冷水噴灑影子，我們就會有一個陽光明亮的城市。

## 地下樂團

一座夠大的城市必然有無數條神祕的階梯。

當我帶著相機逡巡城市時，有那麼一刻我會為自己帶著一個階級工具感到惶恐。相機在城市中產階級及年輕一輩的手裡，此刻既是一種美學表徵，也是私人品味的生產器，當然也帶著階級意味。你觀看而他人被觀看。但每當我整理檔案（而不是相簿）時，這些影像又往往給了我反省自身階級視野的教養。

我想起傳奇攝影家布拉塞（Brassaï）[2]第一本攝影集《巴黎之夜》（*Paris by Night*）。他鏡頭底下的巴黎，就像一個夢遊者走過一道神祕階梯後所發現的隱蔽城市，那不是觀光手冊裡的巴黎。布拉塞用流浪漢、醉鬼、流鶯、馬戲團後台、吸毒者、多金浪子、夜班工人、酒吧、妓院、中世紀建築描寫夜的巴黎，這一切都從守夜者點燃煤氣街燈開始。他睜著發狂又溫柔的眼睛步行街道，據說長達兩千零一夜。當這批作品發表後，連《紐約時報》刻薄的評論家奎瑪（Hilton Kramer），也讚揚他在再版的《巴黎之夜》中的文字和影像，簡直是「以好小說家的筆勾勒出時代的回憶錄」。

風景和街道不是風景和街道自身，風景和街道是你所願所能認識的風景和街道，認識就是一種愛，而愛需要時間。這是為什麼所有的街頭攝影師都必須是波西米亞人或者是貓的緣故。

對我來說在巴黎不斷行走的布拉塞更像保羅・奧斯特（Paul Auster）[3]《紐約三部曲》（*The New York Trilogy*）中〈鬼靈〉（Ghosts）那篇小說裡的「我」，一開始你以為你在跟蹤著什麼、記錄著什麼，到後來你才發現你無時無刻不在跟蹤自己，直到自己成為自己的幽靈。只有你才能看到幽靈，只有幽靈才會看到那些和你住在同一座城市裡，卻不被看見的事物。

二〇一三年的春天，我看到應曉薇議員指控龍山寺地下商場違反招商的新聞，提到商場違反規定作為歌廳使用，變成「紅包場」，並且有「清涼辣妹熱舞」。我到 YouTube 上看了應議員質詢的畫面，並且和我腦袋裡的影像記憶比對，大抵確認了那段畫面的時間點，因為我的電腦裡也有類似的照片。這事件後來演變成應議員和另一名議員林瑞圖間的對抗，林瑞圖指控應曉薇「紅包場」的說法造假（而這兩位議員又同時身陷雙子星大樓的風暴中）。

彼時我已經重拾許久沒有嘗試的街拍，以萬華為場所走動了將近兩年。每個街拍攝影者都有自己的一套方法，但拍城市不可能忽視城市最重要的主體——人。為免冒犯我盡量不拍人的正面，若拍到人的正面一定跟對方說明。萬華的地下商場有段時間是我必定來回繞行的區域，要進到商場得經過一道往下的電梯。

就在事件發生的前一年，我第一次發現「地下那卡西餐廳」，並且深深著迷。最初的型態是店家會擺上桌椅和舞台，舞台上有一組簡單的樂隊和歌手演唱。消費大約是一個位置一百五十塊，含一壺茶和一盤瓜子，分午場和晚場來計算。雖然經過打扮，但仔細一看就會發現歌手和樂手都上了年紀，台下的聽眾年紀則更大。彼時幾間規模較大的還會把歌手跟樂手的照片貼在門口，並注明比方說「小咪周四登台」、「吉它手阿草仔」、「鼓手阿明師」

地下樂團的表演場地。

吳明益，萬華，2013

之類的標語。

我把這些那卡西稱為「地下樂團」。

如果你駐足一段時間，並且能夠習慣他們彈奏的風格，你將會發現這些地下樂團如何安慰了花一百五十元，以及那些一毛錢都不花，遠遠站著聽準備打發一下午的人。應議員的影片應該是後來發展到較高潮的第二階段（大約二〇一三年年初），偶爾會有四十幾歲的歌手兼舞者，他們跳起吉魯巴、倫巴或台式翅仔舞，確實有些聽眾就跟著熱熱鬧鬧地起舞。地下二樓還有一台點唱機，十塊錢一首歌。有一回我看到一個老人家投了十塊，點播了麥可傑克森的〈Beat it〉，然後便模仿麥可的舞步跳了起來。我舉起相機終究沒拍，因為我並沒有認識到那位老人願意讓我拍的程度，但他跳那個完全不像麥可的舞步時真真讓我有一種像漏水多年的天花板那般的感傷，和一種具體而微的溫暖。

坦白說我不知道應、林兩位議員誰是誰非，我也相信這樣的經營型態是多數居民不能接受的。當然，它更離原本台北市拆掉地上雜草一般有生命力的商場，想改造龍山商場成為像台北車站微風廣場那樣「中產階級化」的意圖，愈來愈遠。但這些年下來，對面的龍山美食百貨廣場死了，地下商場經營者幾經易手，最終能存活的商店還是盲人按摩店、廉價雜貨和這些「地下樂團」。沒辦法，貧窮的人希望不用去家樂福就能買到品質不好的廉價商品，能神奇到讓老人家想放下拐杖起舞的就是這類的「地下樂團」。

城市的全面「更新」，看起來光鮮亮麗並不是壞事，但這就像讓台灣人人有大學唸的願望一般，骨子裡卻是一種恐怖主義。它彷彿相信此刻這世界真不需要小吃攤、鋪馬路的工人、無家可歸的老人、卡車司機與貧窮的娛樂。

此刻「地下樂團」因爭議而全面停擺，如果你現在下到階梯去看看商場，就會發現原本的店家改用大螢幕播放中國連續劇或過時電影，並且拉下鐵欄杆。即使是一百五十塊一下午的座位也象徵著階級，有點閒錢的老人家坐在裡面依然泡著一壺茶，只是沒歌聽了。沒錢的就趴在鐵欄杆前，看一下午的電視。而最有錢有閒的我，則在後頭按下快門。

「地下樂團」此刻離開商場了，但一定還得有個地方讓他們吹偶爾會破音的小喇叭，打聽起來紊亂卻有一種奇異力量的爵士鼓，刷不經意會透露出老練手段的電吉它。只要有人想聽，他們就是城市地下室的地下樂團，他們是城市的砂子，風一吹就散，但到處都是。

## 貓巷慢鐘

我喜歡城市的巷弄，因為它代表著房子跟房子之間有著一定的距離，但那距離親密到不能成「街」。它們比較窄，幾不容二人錯身，總會有窗戶讓你偶爾看到某個人家裡去，陽光在比你的頭高一點的地方就靜止了，而且會有貓。

萬華的巷弄與其他區域的巷弄並不相同，它既是一個生活感的空間，也是陰暗影子穿梭的走道。在這個區域裡許多人都是靠小生意營生，特別是一些市場，收攤後往往所有的器具都擺在原處，只是人離開了而已。那會讓你有一種「我待會兒回來」的情境，也會讓你有只要大喊一聲，老闆就會馬上出現的感覺。最有意思的是，許多市場攤位或是騎樓下的臨時攤販都會把圓鐘留下不收，因為他們的時間多半是在屋外的、騎樓下的、巷弄裡度過的，而不是在屋子內的。

不過這裡的鐘總是給我一種時間好像太慢，不夠準確的錯覺。這可能是因為它們指示著跟我完全不同的生活節奏：白天你可以看到晚上才會出來的深夜市集攤位所留下的鐘，晚上你可以看到白天菜市場攤位留下的鐘。這些鐘還為另一群人指示著時間，那就是分散在不同

上：貓巷的鐘。吳明益，萬華，2012

下：永不打烊的小舖與貓巷旅館。吳明益，萬華，2013

時間出現的街頭性工作者、遊民和我這樣的漫步者。

在攝影史上有兩位女性攝影家的作品很撞擊我，她們分別是黛安・阿巴斯（Diane Arbus）[4]和瑪麗・愛蓮・瑪寇（Mary Ellen Mark）[5]。阿巴斯的作品被視為是新紀實主義（New Documents）的代表，她拍攝的對象包括扮裝皇后、侏儒、巨人、天體愛好者、唐氏症兒童……有時讓人懷疑她是否刻意尋找某些身體上有變異的「畸人」（freak）為攝影對象。但當我凝視那些讓人感到異於常人外表的陌生人愈久，就愈想起或許她拍的不是身體上的「畸人」，而是類似小說家舍伍德・安德森（Sherwood Anderson）[6]筆下的「畸人」（grotesque）。

安德森的小說《俄亥俄州的溫士堡》（*Winesburg, Ohio*）在台灣被譯為《小城畸人》，這是因為這部小說一開始附了一篇〈畸人誌〉（the book of Grotesque）作為引文。在這篇故事裡，有一個老作家，他叫木匠把床腳加高到和窗臺一樣，好讓自己在清晨醒來就可以看見窗外的樹木。有一天，老作家在床上做了一個不是夢的夢，一群人來到他窗前，他們就是接下來二十四篇小說裡的「畸人」。然而，在老人眼中，「畸人」的意思並不是指怪人或瘋人，不是指失去思考能力，行屍走肉的廢人，也不是指靈魂喪失，薄情寡義的空心人，而是指一些固執地，自認為掌握真理且緊抱不放的人。也就是「依據自己設定的真理而生活的人」。當然，這些人定義的「真理」也和我們一般所知的真理不同。他們的真理往往是不合時宜的人生觀，無法實現的個人理想。當一個人對理想懷抱著太大的期待，而這樣的理想又注定無從實現，真理就會變成虛妄。死守著「虛妄化真理」的人，常因此受到社會的傷害而陷入長期的心靈折磨。他們勉強地活了下來，終成畸人，成為那些要作家講述他們故事，被忽視的臉。

一開始我跟許多人一樣，會避開萬華的一些巷弄不走。因為那裡總是躺著可能是醉倒病倒，滿身髒污，身體有著某些缺陷，甚至你會不由自主地猜測，可能是染著隱疾之人。有的時候你則恐懼某些巷弄可能是禁區，比方是性工作者做生意的場所，或者是家庭式的賭場，他們並不歡迎窺伺者。後來我漸漸發現，當你把自己視為巷弄景色的一部分，把自己視為貓的話，這一切就變得自然了。我漸漸能夠若無其事地繞過那些睡眠中的「仙仔」（這是我母親以前稱呼那些睡在中華商場廁所外的遊民的用詞），也能不帶機心地從性工作者面前走過，甚至不心虛與她們眼神接觸，彼時我無論看到什麼樣「值得拍下來」的畫面，都不會拿出背包裡的相機。我變得信任我的眼睛、我的態度、我的情緒不會引發他們的敵意，拍不拍照已無所謂。這麼一想的時候，反而有些畫面因此在不冒犯他人的情況下，走到我的鏡頭前面來。

對多數的城市人來說，在這些巷弄裡生活的人，是第一層意義的畸零人，但漸漸地，我發現並相信他們其中也有不少安德森定義的畸人——他們只是被這個社會視為真理的部分價值所擊倒而已。在這兩年多的漫步中，我也漸漸體會漢娜・鄂蘭在《人的境況》（*The Human Condition*）提到的「小幸福」（petit bonheur，這和中產階級品味所說的「小確幸」不同），那是接近一種存在於世，卻遠離主流公眾生活所獲得的神祕感受。

這樣的感受當然不是來自於目睹他們傷痕累累的生活境況，而是在那樣的境況底下，他們偶爾流露出的真情並發出微光的時刻。

比方說有一回我穿過一條有固定性工作者出現的小巷子，那巷口停著一攤固定時間會出現的腳踏車香腸攤。香腸攤正好沒有客人，老闆站著烤香腸，一旁的板凳上則坐著一位在那條巷弄裡工作的性工作者。她難得不畏明亮地坐在外頭，可以看出來臉孔比保持良好的身材

我取名叫「夜曲」的貓。

吳明益，萬華，2012

要老上許多。香腸攤老闆一邊工作，一邊不知道和小姐說些什麼，小姐臉上泛起笑意，那笑意像可見的燭火般散發著溫暖的氣息。香腸攤老闆身邊總是跟著一隻黏人的黑白貓，牠躺在地上仰著頭，彷彿跟對街的我一樣，看著兩人聽不見的對話。那剎那間我目睹了存在於他們之間的 petit bonheur，而我也因此得到另一種 petit bonheur。

我還發現在較多性工作者長時間停留的巷道裡貓總是特別多，於是把它們稱為「貓巷」。一開始我不理解貓和她們之間的關係，後來便漸漸發現，由於小姐們沒有客人的時間很長，她們對這些一樣在街頭討生活的貓顯得格外友善。她們常常會把沒有完全啃乾淨的雞爪隨手丟給貓，貓因此看到認識的小姐就親密地磨蹭。

漸漸地我也認得一些貓。有一隻常出沒在夜市巷口的黑貓非常親人，叫聲就像蜂蜜，體重目測很輕，喜歡被撫摸的部位是下巴。牠失去了一隻眼睛，另一隻眼睛卻仍然美麗異常。每次在牠身邊停下腳步時牠就會抬頭看著我，我叫牠「Nocturne」（夜曲）。我已經許久不見「夜曲」了。

相較於阿巴斯，比她出生時間稍晚一點的瑪寇試著走入這些「畸人」的生活圈更深一些。她年輕時曾為了報導，住到奧勒岡州專收女性的精神病院裡長達六周，完全和病人一同作息生活，完成了令人窒息的《81號病房》（*Ward 81*）。這作品讓她有機會在一九七八年回到年輕時曾經過的印度福克蘭路（Falkland Road），去拍攝那條挑戰她心靈的街道。

早在十年前年輕的瑪寇就曾試著拍攝這條街道，但保鑣、阻街女郎、老鴇和住民都拒絕她，街道也拒絕她，她自己的心靈也拒絕她。但這次她毅然住進街道，忍受拳頭、石頭、口水和垃圾。漸漸地她有了朋友，一開始是阻街女郎，然後是變性人，最後是老鴇。當她獲得老鴇的信任後，她成了這群人面對世界呈現自己生活的一扇窗口。

印度是個階級社會，即使是被視為社會底層的福克蘭路亦然。在這裡有老鴇照顧的女孩要比阻街女郎和變性人幸運，面對變態客人和警察時相對有保障。許多女孩賺夠了贖身的錢後，也會在街上買下一間房子，然後變成老鴇，因為她們常是被拋棄或被生養太多的家庭賣掉的小孩，孤獨地活在這個世界上，只能孤獨地在這條街上運轉，把同樣命運的女孩當成姊妹。一個從小就在這裡工作的女孩慕妮（Muuni）對瑪寇說：「我身上刺著名字的刺青，是我唯一可以帶進墳墓之物。」

瑪寇最終被接受成為福克蘭路的姐妹之一，她甚至被接受能在女孩接客時拍照，她們當然知道這些照片有一天會公諸於世，更可見她們想被這世界看見的心情：是的，我們確實是一種「畸人」，但並非出生就是，我們更接近於夜曲，如果你醒著的話就可以聽見。

在安德森的小說裡，那個老小說家把這些畸人的故事寫成一本書，你可叫它《俄亥俄州的溫士堡》，也可以叫它《小城畸人》，這樣的話，那個小城就可以變成全世界**任何一個地方**。老小說家（或是安德森）在這本書裡羅列真理：比方說童貞（virginity），比方說欲望（passion），比方說節儉（thrift），比方說放蕩（profligacy），比方說冷漠（carelessness），比方說遺棄（abandon）……。每一個真理對應著另一個「非真理」，沉甸甸壓在人們的身上。我們總是想堅持真理（卻做不到），總是在墮入「非真理」時又無法承受，就只好走向「畸形化」、「畸零化」。

不知道身為小說家的安德森，會不會偶爾也覺得自己正慢慢變成「畸人」？會不會寫小說這個行業，本身就是一種「畸人」？

筆跟相機都是鏡子的一種，我的相機既沒有阿巴斯的洞見，也沒有瑪寇的情懷與勇氣，我的筆也不像安德森，彷彿能給那些他描寫的畸人活下來的氣力。我只能帶著我自己的，在街道中繼續走下去，直到自己變成街道，變成路。

## 註釋

1 這篇文章最初寫在臉書上時，我仍未開始拍攝「有人」的照片，直到數個月後我因為認識了一些當地人才開始拍攝，但我仍小心地處理這些照片，因此多數照片我並不打算放到這本書裡，僅放置部分經過同意，或無法辨識出個人的照片。

2 布拉塞（1899-1984，本名 Gyula Halász）取這個名字的原因是，他的故鄉就是吸血鬼德古拉的故鄉，意思就是從 Brassó 來的人。他是一個街拍的徹底實踐者，《巴黎之夜》出版時就引起攝影界的轟動。一九七六年再版時，更名為《三〇年代的祕密巴黎》（*The Secret Paris of the 30's*），並把照片增為一百二十幅。他最爭議性的看法就是他宣稱他從不認為攝影是一種藝術。

3 保羅・奧斯特（1947-）是美籍猶太人小說家。他的作品敘事形式多變，而常討論人生中的無常與變化。他的代表作《紐約三部曲》、《幻影書》（*The Book of Illusions*）為他奠定文壇聲名，被譽為「穿膠鞋的卡夫卡」。

4 黛安・阿巴斯（1923-1971）是美國攝影家。她的作品直擊社會的黑暗面，往往拍攝侏儒、妓女、同性戀者與多胞胎，這些在當時飽受歧視的人。她認為攝影總是「有一點酷，一點刺目」，並在四十八歲時以自殺結束傳奇的一生。台灣出版有她的傳記《控訴虛偽的影像敘事者——黛安・阿巴斯》。

5 瑪麗・愛蓮・瑪寇（1940-）美國新聞攝影、廣告攝影家。她的作品雖以紀實為主，卻常透顯一種溫暖的氛圍。她的代表作《81號病房》以拍攝精神病患為主題，她並住進精神病院與病患同住。

6 舍伍德・安德森（1876-1941）是美國小說家，其代表作是《小城畸人》。他冷冽的寫作風格影響了海明威、福克納、史坦貝克這些最具代表性的美國作家。

# 論　美

*On Beauty*

# 論美

正片

On Beauty

戰地攝影家唐・麥庫林（Don McCullin）回憶自己一生時，提到自己走上戰地攝影這條路的經過。他在從軍時才買下第一部羅萊（Rollei），並且開始迷戀上這個小黑盒子。只是年輕人回鄉後，一時找不到工作，他便把相機拿去典當。有一天麥庫林的母親問他那部可愛的相機哪裡去了？麥庫林據實以告，她不發一語，出門去用自己僅剩的錢把相機贖了回來。

麥庫林說母親的這個動作改變了他的一生。從第一批拍攝街頭「老大幫」的照片被《觀察家報》採用開始，麥庫林從一個無所事事的大男孩變成街頭、戰地攝影家，他找到了讓自己喘不過氣來的興奮感。他總自願到最前線去採訪，從塞浦勒斯、剛果、越戰（他在這場戰爭裡斷斷續續待了十年）到比夫拉獨立戰爭（又稱奈及利亞內戰）、六日戰爭、赤棉戰役、約旦戰爭、愛爾蘭反抗軍……，麥庫林無役不與，他是戰爭的影子。

他曾被各種部隊拘留，被烏干達軍事獨裁者伊迪・阿敏・達達（Idi Amin Dada）囚禁，幾乎已經送到刑場；他斷過肋骨、腿骨、臂骨，掛在胸前的 NIKON 大 F 相機被 AK-47 的子彈打凹。但麥庫林終究是活了下來。

我被麥庫林的戰地照片震動甚過羅伯特・卡帕（Robert Capa）[1]，他唯一不夠傳奇的，就是沒有像其他的戰地記者一樣死在戰場上。不過對我來說，這種倖存反而帶著一種傳奇性。只是，我一直不能理解，像麥庫林那些充滿死亡、遺棄、不平、哀傷的照片，能說是美的子民嗎？

對人文學者來說，美雖然難以捉摸，卻仍是可以考證的，只要把過去被認為美的事物

唐・麥庫林（Don McCullin）作品《不合理的行為》，2008 年繆思出版

一一找出，或許就能演繹出某個時代的美的邏輯。美的特質會根據歷史及文化的更替而有所差異和轉移，又往往隨著其他價值觀呈現（如真與善），因此美可以說是人類創造出來最游移，卻又最具有普世性的一個詞語。（幾乎每個文化中，都有這個謎樣的字詞。）

艾可（Umberto Eco）[2]在寫他的《美的歷史》之時，就知道這個詞語的曖昧性，所以他乾脆羅列從柏拉圖（Plato）以降林林總總的美的說法，聯集來構成「美的群集」。美是一種後設性的存在，得先有美的事物，才會有人去進行美的詮釋。但對演化學者來說，藝術與藝術之美的存在，卻是可以和人類的生存掛勾解釋的，也就是說，在人的動物性中，美本然存在。

認知神經科學之父葛詹尼加（Michael S. Gazzaniga）[3]認為，美並不是蛋糕上的糖霜而已，它不是我們解決了生存需求以後，才會出現的附加物，美本身和我們的生存息息相關，忽視美將會傷害我們的感受基礎，甚至危及生存。

且讓我暫時跳過繁複紛歧的美學定義，引用葛詹尼加從演化學、神經科學、生物學來探討美學的說法。所有的生物專家得解決的第一個問題是：藝術表現是否是人類所獨有的？這樣的實驗有許多學者已經進行了一段時間，包括大象、黑猩猩都有科學家引導牠們進行類似人類的繪畫活動，以便觀察。相對於音樂來說，繪畫是比較能看出創造性的活動，畢竟不同生物都有自己獨特的發聲方式，從某個角度來看都具有音樂性，但繪畫可是需要工具輔助才能進行的創造活動。

這些研究首先證明了，許多動物（包括鳥類與哺乳類）都對有規則的圖案有偏好，一些黑猩猩甚至很投入繪畫，被打斷時會表達抗議或生氣，甚至有些大象和黑猩猩的畫作在拍賣場上賣到不錯的價錢。不過，到目前為止，從來沒有一隻黑猩猩能畫出可辨識的圖像。這意謂著，動物中繪畫天分看來最高的黑猩猩，似乎沒有使用畫筆模仿自然、再現自然的能力。

回過頭來看，大約四萬年前，人類製作工具的材料已經涵蓋了動物的骨骼、木頭、陶土、繩索等等。更重要的是，彼時已經開始出現具裝飾性的手斧、珠子。人們不只創造了實用性的工具，還創造出了此刻看來仍具有美學吸引力的工具藝術，特別是其中很多圖案都呈現出生物喜歡的對稱性。但為什麼這個時刻會出現這種創意的爆炸呢？目前似乎還沒有令人滿意的解釋。

人類學家迪薩娜雅克（Ellen Dissanayake）[4]認為，這種創意的主要目的是為了「與眾不同」（making special）。包括歌唱、舞蹈、說故事或繪畫，相較於覓食或繁殖，都顯然是耗費可貴時間與工具資源的活動。但這類讓人感覺與眾不同，並且使人愉悅的活動，能促進團體氣氛，同時增加了個體的生存機率。一開始的時候，這類活動通常透過宗教性儀式來表現，而儀式行為本身就能形塑團體價值觀。

這個說詞並沒有受到完全的認可，批評者透過舉反面例證來批判。舉例而言，吸毒也會讓人覺得與眾不同與愉悅，它怎麼不是個藝術活動呢？他們也質疑，類似「說故事」這樣的活動含有「虛構」的成分，「虛構」的活動能對團體氣氛、個體生存提供什麼幫助？

人類學家圖比（John Tooby）[5]和他的妻子心理學家科思麥蒂絲試著回應這樣的問題。他們推展了被稱為「演化心理學」（evolutionary psychology）的思考途徑，發現認知系統在生存演化中非常重要，而人類對環境的適應性改變通常以三種模式進行：一是改變行動與外表來增加性吸引力（即所謂「性擇」），二是增加身體的健康或適應性，第三種則是讓我們的腦部能具有處理各種問題的模組。他們認為，神經認知除了透過各種感官來尋求適應外，還特別享受產生愉快感受的活動。藝術創作或欣賞，就是會讓人產生愉快感受的活動之一，特別是在不需要擔心食物與性的競爭，也不需要尋找遮風蔽雨之處的時候。因此，多數人的藝術興趣往往發生在童年時光，當成年以後，周遭競爭趨於劇烈之時，投入這些活動的代價變得太高了，很多人就放棄了對藝術的嗜好。

不過虛構活動常涉及生存技巧而被保留下來。他們舉出一個關於文學的例證，那就是世界文學裡的情節，通常跟演化所在意的事物相關……，比方說避免被掠食者傷害（你可以想像科幻小說、戰爭小說、冒險小說）、親代投資（你可以想像任何一本關於親情的小說）、與非親屬的關係、配偶的選擇（愛情故事）等等。他們的結論是，人類的藝術，有助於我們在這個殘酷世界的生存。

這讓我想起達悟族作家夏曼・藍波安提過，對達悟人來說，男人一定要能潛水捕魚、造船，然後會說故事。對一個生活在小島的族群來說，在海上遭遇風浪歷險歸來，敘事可以很有條理且有魅力地把經驗傳承給未遇過風暴或亂流的夥伴或下一代，而虛構的故事則讓他們產生生活上的認同感。黑翅膀飛魚曾經飛入他們祖先的夢境，向達悟人自我介紹什麼季節可以捕捉牠們。這種迷魅的故事語言，傳遞的可是生活上的必要知識。

人類是天生的小說家，演化學者認為因為生存的需要，大腦必須對一切嘗試追尋原因、解釋，即使那是捏造的都好，因為生命面對各種情境時，錯誤的答案比沒有答案來得好。

最後要處理的一個問題就是關於美了。並非所有藝術都是符合「美的條件」，這點我們可以在艾可的那本《醜的歷史》（*On Ugliness*）裡讀到太多例證。人類是視覺高度發達的生物，已有實驗證明，我們會被較對稱的臉孔吸引，會被曲線吸引，會被特定的風景吸引——人類喜歡有樹的大草原而不喜歡沙漠，喜歡有水的地方，依戀熟悉的風景甚於陌生的……，認知心理學家認為這是一種「美學根基」，是普世在生物生存時就已植入我們認知模式的美學判斷。（其他生物也有類似的愛好）因為對稱性的臉孔意謂著健康的基因，有樹有水的草原意謂著對人而言是舒適的生存環境，這不妨稱為「生物性的美學判斷」。

不過，認知能力發達的人類，還對一類事物會有美的反應，那就是一開始認為不和諧、不熟悉、恐懼的事物，有可能經過較長時間的刺激後，漸漸為人們所接受。比方說有過飛行體驗的人，一開始一定會對高度恐懼，因為人類並不是一種能飛行的動物，但是一旦知道安全無虞且逐漸適應，另一扇關於美的窗就為人類這種步行動物打開了。同樣地，抽象藝術、艱澀的小說或許不存在我們原本對美的認知裡，但那裡頭充滿了解謎的樂趣，就像有想像力與好奇的人類（當然不是所有的個體都是如此）面對新環境，這就形成了有深度、有內涵、讓人思考且低迴的美。人們的腦鍛鍊自己對事物的思考、反省能力，以便面對複雜人生突如其來的考驗與挑戰。

有意思的是，從人文出發的美學很難解釋生態保育之父李奧波（Aldo Leopold）[6]的「土地美學」（land aesthetics），但從演化學或神經心理學的角度來看卻容易得多。李奧波的土地美學有三個特色：第一是強調創造者非人類的自然環境也能帶給人類美的感受；第二是有時候人們體驗自然時感受到的是驚駭或是疲累、痛苦……，卻仍會在經驗過後體會到一種美。比方說閃電打在我們前方，卻沒有奪走我們的生命，辛苦穿越高山，經歷蚊蚋、氣候、體力的苦難，這些最終卻都成為美的震動的一部分，這是只有在野地才能感受到的美學；最後，李奧波認為「當一件事情傾向於保存生物群落的完整、穩定和美感時，這便是一件適當的事情，反之則是不適當的」。

第一點傳統美學也能接受，第二點則是演化心理學所強調的，美的感受是一種愉悅，且是跟生存有關的愉悅。一般人很喜歡說登山是一種「征服」，雖然語言霸道了些，但在演化心理學者眼中看起來不無道理。因為經驗了艱難的自然考驗而未死，便等於是在腦中、身體裡儲存了面對艱難環境的程式。而最後一點更符合生態學家所發現的，人類無法在生態體系中獨活的道理：唯有健康的生態系才是美的，多數人不可能會愛上一個回家後是豪宅，出門時就得面對空氣污染、水污染、沙塵暴，沒有樹木與鳥鳴的世界。那樣的世界景觀，光想像就帶給我們一種寂寥之感。

有時候美是個玩笑、是遊戲，是人類精緻不思議如蕨類新生葉片的想像力。

如果你看過德國攝影家卡爾・布洛斯菲爾德（Karl Blossfeldt）[7]拍攝植物的作品，一開始會以為那可能是某種金屬或特殊材質所做成的植物模型。但仔細一看就會知道，這些被線條化的植物，有些不真的只是「一種植物」，而是拼貼出來的，某些畫面據說還含混了動物的碎片。布洛斯菲爾德認為，植物的結構是一種建築，植物的形象因而揉雜了他對文明的想法。班雅明評價布洛斯菲爾德的作品：「讓木賊變成古代石柱，蕨類如主教的權杖，栗實與櫟芽放大十倍後變成圖騰柱，而起毛草就像歌德風格的紋飾。」而這一切，都是從他自造的一架木質相機拍出來的。

英國攝影家蘇珊・德吉斯（Susan Derges）[8]則是水流的詮釋者。她在夜間把大片相紙固定在金屬箱裡，擺在河面下或海面下，打開箱蓋，利用自然光或對著箱內相紙打光，讓光的流動在相紙表面成像。那瑰麗的色彩是真正河與海的水流的寫真，我們過去只曾在夢中得

卡爾 · 布洛斯菲爾德（Karl Blossfeldt）的作品〈Allium Ostrowskianum〉，收錄於《Art Forms in Nature》，1928

見。酷愛無相機攝影（Camera-less Photography）的德吉斯的作品，成果往往取決於鄰近城鎮的路燈與住家透出的溫暖燈光、隨時節變化的水溫，以及沒有人能預測的水流。而影響水流的因子從上游的水量、風吹動的方向、石頭的分布，甚至於水中鱈魚的一次擺尾都有可能。這是真正隨機、隨風流動的美學。

有時候美是人類智性創造出的一種新的、認識並且洞見世界的光輝。二〇〇二年《自然》（*Nature*）刊登了一篇報告，兩名科學家建造了一個特殊的「風洞」，並且將大西洋赤蛺蝶（*Vanessa atalanta*）放進其中。為了能仔細觀察蝴蝶飛行的動作，他們朝蝴蝶的翅膀吹送煙霧，以便拍下翅膀與空氣相互作用時產生的氣流。經過高速攝影機的拍攝發現，蝴蝶飛行時翅膀振動方式並不是單一的動作，牠們會隨著氣流改變，其中隱藏著精妙的空氣動力學反應。以大西洋赤蛺蝶來說，牠們至少有六種不同的振翅方式，而飛行間變換振翅方式，就像奔跑的馬改變跑動方式一樣隨意自然，細緻迷人。

有時候美如此冒犯、如此傷感、如此殘暴。

美國攝影家塞拉諾（Andres Serrano）[9]可能是最聲名狼藉的攝影師之一，原因在於他的「尿中基督」（Piss Christ）竟把一個耶穌與十字架的塑像扔進自己的尿液拍攝。不過如果沒有人解釋，觀看者可能還會被那閃耀著光輝的紅色液體（其實是塞拉諾本人的尿）吸引，誘發出不同的美感經驗。「道在屎尿」似乎是成長經驗艱難的塞拉諾所體悟到的人生哲學，他在一個貧窮家庭長大，十三歲退出天主教會，中學輟學，只上過布魯克林美術館與藝術學校（Brooklyn Museum and Art School）。不久他就染上毒癮，接下來便不斷以創作和毒癮對抗。

我得承認我也被他的「停屍間」系列作品吸引。一個孩子的腳上留有襪子鬆緊帶的痕跡、安詳如海洋般閉著長長眼睫毛的嬰兒的臉、一隻有著像狐狸眼睛長度傷口的腳……，這些看來彷彿陷入靜好睡眠的被攝者都是死者。死者能是一種美、一種藝術、一種愛嗎？拍攝死者能是一種美、一種藝術、一種愛嗎？

人當然也是一種動物，但就如同我之前提過的，人在觀看不同死亡動物時引發的痛感與哀傷並不相同。這讓我想起以使用大型攝影機拍攝壯麗風景而聞名的理察・密斯拉契。他賦名為「死亡動物」（Dead Animals）的系列作品，以沙漠中死去的羚羊、野牛、豬等大型生物為拍攝對象。在乾燥的環境中，生物的死亡姿勢彷彿化石，被薄薄的塵沙輕輕掩住。在第一號作品中，各種死去的動物堆在一個巨型坑洞中，大地溫暖的顏色與死去動物的毛皮，合構成一種荒涼的惘惘詩意。部分照片裡的死亡動物，用已失去靈魂的眼直視攝影機，讓人在觀看時想閉上眼睛，希望那樣絕望的世界並不存在。我們的反應是人類避死的本能。

密斯拉契不僅擅長把死亡拍出美，還把一般人認為的美好拍出荒涼。比方說《海灘上》（*On the Beach*）拍攝的是夏威夷這座度假聖地，但密斯拉契刻意拍攝無人或罕見人跡的場景，讓它呈現世界末日般的孤寂。他也是一個擅長等待者，知道許多與環境相關的道理，沒辦法在一張一百二十五分之一秒拍下的照片中表現出來。他花了二十五年調查密西西比河邊的石化工廠跟當地異常高的癌症發病率間的關係，完成了「癌症之巷」（Cancer Alley）系列作（這系列作品是從一九九八年開始，約二〇一二年完成），影像直接「控訴」（是的，這是我的解讀）全球金融危機，以及仰賴石油和周邊產品生活的危險性。而在他至今仍在進行的「沙漠詩篇」（Desert Cantos），想必是要用一輩子，靜靜地觀看人類如何影響了沙漠生態。密斯拉契是個攝影師，他的作品沒有聲音，但他的作品充滿聲音。他太有耐心，所以

理察 · 密斯拉契的作品〈Dead Animals〉，1987-1988

Richard Misrach

*Dead Animals* #1, 1987/1989

很像是時間本身。

有時候美靠近得如此突然、如此日常。比方說一群鷹斑鷸和長趾濱鷸突然降臨你身旁的水田，帶來遠方的空氣。

拍攝生物照片的人會發現，有些生物（比方說鳥）本身就是美的迷藏，除非是光線因素，你幾乎找不到這些生物缺乏美的角度。牠們的日常動作，包括覓食、警戒、求偶、交尾、休息與飛行無一不美，人得經過紮實的訓練才能走出具有美感的步伐，但正如李奧波所說，牠們用走的就能走出一首詩。

但有時美在鏡頭裡又是如此易逝。一九八九年三月二十四日，埃克森石油公司一艘名為「瓦爾德茲」的油輪在阿拉斯加灣北部的威廉王子灣觸礁，造成一千一百萬加侖的北極原油外洩（有些環境團體認為這個估計太過保守）。由於狂風與洋流的關係，原油污染漫延五百公里，大量海象、海豹、海獅、鯨豚死亡，數十萬隻原生鳥類與上百萬隻候鳥的屍體在洋流中漂浮，而後擱淺。美國在海灘上噴灑氮、磷肥混合物以刺激嗜油細菌分解油污，造成另一種污染，而光是焚化海灘上各種動物的屍體就花了超過半年。

一張海鳥羽毛被原油沾黏，無法飛行，絕望眼神的照片，就把一切殘酷與哀傷無言呈現。美的失落亦是攝影藝術的主題，這意謂著 Art 這個詞可能比 Beauty 更深邃，匿藏著另一個面向的人性。

正如我之前所說，美不盡然是藝術表現的唯一目標，早已被許多人討論過了。艾可寫完《美的歷史》後，再寫《醜的歷史》，他說「醜」並非是全然和「美」對立的詞。他認為我們得先把「醜的本身」和「形式上的醜」做出區分，醜的本身（意指醜惡的事實，比方說一個長了膿瘡的人、一頭被獅子攻擊死去的羚羊）與形式上的醜（比方說藝術表現技術的拙劣）並不是他關注的焦點，藝術**對醜的刻畫**才是重點。布洛斯菲爾德與德吉斯作品裡對形式之美的探索我們很容易理解，但為什麼密斯拉契要拍攝受傷的大地？為什麼塞拉諾要拍停屍間？這或許就是使用藝術去追尋人性的陰暗面與自然事物的存在與消亡的一種手段。

於是，我們只得承認呈現傷痛也是一種藝術，Art，讀起來彷彿嘆息之聲的字眼，它能將平凡之物，甚至醜惡的事實化為美的昇華，透過質疑我們的善與真，讓我們**有機會**重拾善與真。

麥庫林的照片能說是美的子民嗎？

卡帕在一名參與西班牙內戰的士兵中彈瞬間按下快門，艾迪・亞當斯（Eddie Adams）[10]則在越戰期間，當一個越南警察局長當街槍決一名越共時按下快門。唐・麥庫林不僅拍下那些扣板機的畫面，他還拍下比夫拉獨立戰爭中一個手拿著法國玉米牛肉空罐頭的白化症兒童……。這些照片我們絕不忍以美或詩意來形容，但那其中確有力量，像是虛空中有人伸出一隻手，抓住雲雀般握緊我們的心口。

美有時候靠近「善」一點，有時候靠近「真」一點，有時候它們彼此推開，有時又像是扶住彼此的一面牆，得互相倚靠才不會坍塌，得互相溫暖才不會碎成塵埃。沒有人能真正釐清它們的關係，就像沒有人能夠到達地心，或情人的心底。這些力量的總合，我們稱之為藝術的力量。

美學學者艾蓮・史凱瑞（Elaine Scarry）的《論美與行義》（*On Beauty and Being Just*）談的就是類似的概念，她以荷馬（Homer）、柏拉圖、普魯斯特、西蒙納・魏伊（Simone Weil）、艾瑞斯・梅鐸（Iris Murdoch）的作品，談我們生活經驗裡感官對美的知覺，如何影響我們對公平與正義的判斷。

拍攝「尿中基督」、「停屍間」而被認為敗德的攝影師塞拉諾說：「藝術是一種道德與精神上的責任，它要切開一切偽裝的方式，而且直指靈魂。」揭露童工實際生活而成名的路易斯・韋克斯・海因（Lewis Wickes Hine）[11]，則認為攝影不僅要表現應予讚美的東西，也要表現「那些應予以糾正的東西。」我最迷戀的波蘭導演奇士勞斯基（Krzysztof-Kieślowski）[12]則說：「我害怕那些真實的眼淚，因為我不知道自己是否真有權利去拍攝它們。」

晚年從戰場上退下來的麥庫林回顧自己的一生說：「我們都受天真的信念之害，以為光憑正直就能理直氣壯地站在任何地方，但倘若你是站在垂死者面前，你還需要更多理由。如果你幫不上忙，便不該在那裡。」他回想起有一次拍攝黎巴嫩街頭被轟炸的現場，一個大塊頭的婦人尖叫嚎哭從角落走出來，男人們想安慰她卻不敢碰她（在中東地區你不能隨意碰他人的妻子），麥庫林舉起相機拍了一張照片。那女人歇斯底里朝他衝過來拚命又捶又打，讓麥庫林覺得自己是罪惡的化身。當他沮喪地回到旅店休息時，一個記者走過來告訴他：那婦人在他離開後對他們哭訴，她所有的家人都在轟炸中死了，她的家也被戰火摧毀了。當她在陳述這件事時，一顆汽車炸彈正好爆炸，其他人毫髮無傷，她卻當場身亡。這張照片成了麥庫林最後的戰場照片，他說自己每次回憶起戰爭的意義時，就想起了那個傷心欲絕的婦人。

麥庫林回想自己的戰地攝影師生涯，從未擺脫過同情心與良心鞭子的撻伐，而人們以為他們是以別人的血淚換取榮譽的吸血鬼。他說：「人們常不理解攝影記者拍攝這些照片在感情上所受到的震動。他們以為所有的戰地記者都冷酷無情。殊不知若干年前我拍的一些照片已經不再傷害照片裡的人了，可是它們至今仍在噬嚙著我的心。」

美在這些照片裡並不直接存在，它是一張被蓋住的牌，以反面、不被看見的形態存在。這是因為失去美的同時，美的意義就隨之呈現。我們珍視生命、恐懼被殺戮、厭惡居住在生態毀棄之地的同時，必然有一美的形象與夢境般的生活期待隨之升起，這樣的情緒有時促使我們去思考公理與正義的問題。

美與行義的關聯性，是創作者、詮釋者、閱讀者三者的感官經驗，加上思考能力所聯結起來的，它無意獨立，也無法獨立。一九八五年一張由美國太空總署發布，顯示南極臭氧層破了個大洞的照片，有一種瑰麗的美感，但伴隨而來的，這張照片的美更加深了一種讓人嘆息的愧疚感，因為透過這張照片人們發現，工業革命以來的人類社會，勒索了自己的未來。

我一直認為，認為美是純粹的、無倫理性的，就像那些認為藝術可以歸藝術、文學可以光是歸諸文學的人，必定是無能創造美的謊言家。生態攝影者更是面對著一種無言的倫理。當你拍攝某種特殊禽鳥、昆蟲、野生動物時對美的界定是一回事，當你拍攝被砍平的森林、水泥化的海灘、油污滿布的大海、車諾比核災後的死傷動物又是另一回事。真正的攝影家是making，而不是taking，他們不只拍生活日常，還拍那些人們原本不認識、一生皆未能得見的動物、未曾去過的地方、不曾關心的事件。他們把影像帶出黑暗，攤在陽光與人心之前。

然而照片中的野地、野生動物之美，並非為了被人類以美的詮釋而發生，更不是為了讓人類建構倫理而發生的。對自然界而言，任何美都存在著本然的功能性。紫斑蝶金色的蛹是為了嚇阻取食者，而人類則詮釋以貨幣價值之美的金銀。枯葉蝶的隱蔽是為了卑微地避敵，而我們詠嘆以奇蹟。美來自於詮釋，來自於我們內心對世界的建構。因為環境與動物不像人一樣會反抗攝影機，他們也不知道自己的形象會成為某個議題的象徵（就像北極熊不曉得自己會變成冰原消失的象徵一樣），這責任在攝影者身上。那些看了讓我們的情感四分五裂的作品，可是跟隨著攝影者四分五裂的人生而來的。

而我相信一個真正熱愛美的影像的讀者也必然會警覺到，當我們在藝廊、電腦螢幕前讚嘆一張照片如此壯麗、優美與憂傷之時，那影像也同時剝奪了我們對其中環境的**親身**感受。我們摸不到山毛櫸的樹皮，嗅不到鼬鼠用氣味所寫的野地之詩，看不見雷雨前山頭雲朵的光影。

只是我依然深信，一張真正擄獲美的生態照片，它可能局部化、剝奪了野地的形象，卻也必然撩起、創造、啟發了人們對野地的責任，以及重返野地的欲望與希望。

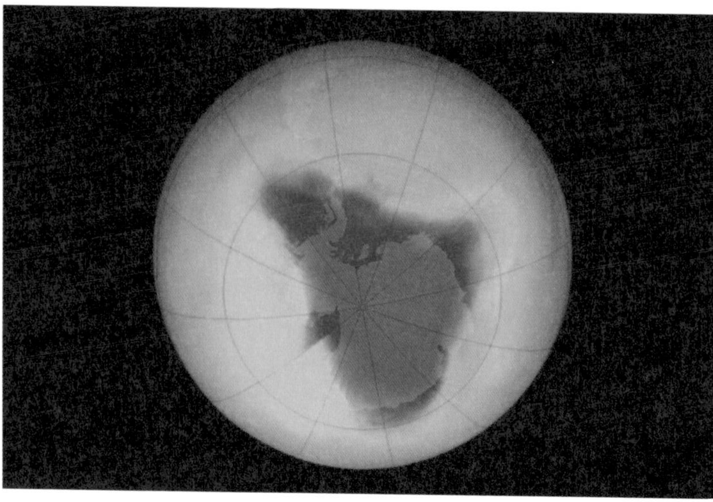

臭氧層破洞的範圍。

NASA 地球空照圖，1985

1 羅伯特・卡帕（1913-1954）原名安德魯・弗里德曼（André Friedman），是匈牙利裔美籍戰地攝影記者。他參與報導過西班牙內戰、中日戰爭、二戰歐洲戰場、第一次中東戰爭以及第一次印支戰爭。卡帕是最傳奇的戰地攝影記者之一，他的名言是「如果你的照片拍得不夠好，那是因為你靠得不夠近。」他的作品透過凝結瞬間再現了戰爭的殘酷和暴戾。一九四七年，他和布列松等人一同創立了著名的馬格蘭攝影通訊社（Magnum Photos），成為全球第一家自由攝影師的合作組織。一九五四年五月二十五日，卡帕在採訪第一次印支戰爭時，為了拍照誤入地雷區，踩中地雷身亡。

2 安伯托・艾可（1932-），義大利符號學家、小說家。他一面以中世紀研究著稱，一面以幽默、慧黠的雜文，及充滿謎題與知識性的小說聞名。知名著作包括《玫瑰的名字》（*Il nome della rosa*）、《傅科擺》（*Il pendolo di Foucault*）、《無盡的名單》（*Vertigine della lista*）等等。

3 麥可・葛詹尼加（1939-）是加州大學聖塔芭芭拉分校的心理學教授，為認知神經心理學的領導研究者之一，以神經科學來研究人類心理運作。

4 艾蓮・迪薩娜雅克是美國的藝術、文化人類學研究者。她的研究重點放在藝術的「特殊性」如何形成與表現上，並著重於探討審美與人類演化之間的關係。

5 約翰・圖比與莉達・科思麥蒂絲同為美國「演化心理學」的先鋒學者。

6 阿爾多・李奧波（1887-1948）是美國的林務官員、生態學家、土地倫理的倡議者。他早期從事野生生物的管理學研究，晚年則放棄將野生生物視為資源管理的說法，改提出土地倫理概念。他最知名的著作是《沙郡年紀》（*A Sand County Almanac*），這部書對後世的生態保育的論述有很大的影響。

7 卡爾・布洛斯菲爾德（1865-1932）是德國的攝影家、雕刻家。他以植物的近攝聞名，並認為植物本身存在著一種具有藝術性的「建築結構」（architectural structure），而他能用攝影將其表現出來。

8 蘇珊・德吉斯（1955-）是英國攝影家，她從繪畫出身，故將抽象繪畫的精神灌注於攝影上，以「無相機攝影」聞名。所謂無相機攝影便是不使用一般的攝影機，只用曝光的方式讓影像顯影在感光體上。

9 安德理斯・塞拉諾（1950-）是具有宏都拉斯以及非裔古巴血統的美國攝影家。他以一系列拍攝屍體與自己排泄物的照片而聞名。他的作品在展出時常遭遇毀損或挑釁，事實上這也是他希望獲得的反應。

10 艾迪・亞當斯（1933-2004）是美國戰地攝影師。他參與過十三場戰役，以極具張力的戰地影像聞名。他曾獲得普立茲獎與羅伯特・卡帕攝影獎。

11 路易斯・韋克斯・海因（1874-1940）是美國攝影家。他認為相機可做為社會改革推動的工具。他曾拍攝過一系列童工的影像，並且受雇為帝國大廈的建造過程拍照記錄，替紅十字會拍攝庶民生活。海因後來擔任「工程進度管理署」（The Works Progress Administration, WPA）的攝影主任，參與了美國國家研究計畫（National Research Project），繼續他以攝影改善社會問題的理想。

12 克里斯多福・奇士勞斯基（1941-1996）是聞名的波蘭導演。他早期拍攝記錄片，後來拍攝長片，以《十誡》、《雙面維諾妮卡》、「三色系列」（《紅色情深》、《藍色情挑》、《白色情迷》）著稱於世。他的作品在藝術與商業上同獲成功。

達悟男子一定要能潛水捕魚、造船、說故事。飛魚便是潛入達悟祖先的夢境說故事，來自我介紹的。

吳明益，蘭嶼紅頭村，2001

負片

# 論美

On Beauty

我們只須相信。世界愈是猙獰可怕或無法克服，我們愈須相信。如此一來，原本恐怖的世界，將一點一滴地逐漸軟化，然後向我們微笑，然後將我們擁入它那超越人類的胸懷裡。

——德日進（Pierre Teilhard de Chardin，1881-1955）

1

「美」必然是人類語彙裡，最充滿歧義的字之一。從磚頭旁冒出的細葉碎米薺到西伯利亞冰原，從孩子牆上的塗鴉到莫內捕捉的光影，從蘇格拉底的辯論到小說家戈馬克・麥卡錫（Cormac McCarthy）[1]筆下的矛盾人性，都可能存在著令人眩目、心折的美。但這些美卻各自不同。

蘇格拉底弟子色諾芬（*Xenophon*）曾在《回憶錄》（*Memorabilia*）裡提到他的老師和柏拉圖對美的看法。蘇格拉底認為審美有三個重要範疇：首先是能將自然之美再現的「理想美」，其次則是透過眼睛表達靈魂的「精神美」，最後則是具有實用性、功能性的美。這三個範疇的設定透露出蘇格拉底思想的嚴謹。相對地，柏拉圖則看似輕描淡寫，抽象卻簡潔如詩地陳述了兩個關於美的概念：

美是細部之間的**和諧與比例**，美是**光輝壯麗**。

作為一個文字即美的國度，中文裡的「美」，多數文字學者都接受它是「從羊從大」的造字結構，詮釋上卻頗有差異。南朝宋的徐鉉在注《說文解字》時解釋說：「羊大則美」，但他沒說那是指羊的形體，羊被視為財產，還是人們把羊當成佳餚的味覺感受。段玉裁的注解則獨取味覺的「甘美」，又因羊是六膳之一，「膳」諧音「善」，「羊」音近於「祥」，這麼一來，從味覺的甘美，又進一步將美與善同義化了。不過後世學者不見得接受這個解釋，像民初語文學家馬敘倫反而認為這是個形聲字，他從《周禮》中「美、惡」字皆作「媺」談起，推論這個字是「媄」的異體字，意思是美好的顏色。所以，對中文來說，美究竟最早是由六識中哪一識所引發的呢？這問題曾如此迷人地困擾著我。

近代另有一派學者，從「羊大為美」進一步追本溯源，認為段玉裁的解釋偏了。他們認為所謂的「羊大為美」，指的不是羊，而是人在祭典時，戴著羊的頭飾跳舞的情景。因為在甲骨文中，這個字是上羊下人，很像是把羊角、羊皮做成巫術進行時祭祀者頭上所戴的裝飾物。因而，美的仍是人，或說是巫，或是巫飾，或是祭儀的過程，或是祭儀的源頭（比方說是為了狩獵、農產的豐收而舉辦祭儀）。換句話說，美是從人類從大自然得到食物後，儀式性地獻祭所產生的。

美就像地球上的物種一般多樣，以至於對多數人而言，美都像一種模糊、不安定的神祕感受。或許就如盧梭所描述的：「我不知道那是什麼」（je ne sais quoi）。

2

二〇〇〇年的時候我有個機會花光我當時僅有的積蓄到紐約單人旅行，當時我花了將近三天在展場空間超過二十公頃的大都會博物館（Metropolitan Museum of Art）。當然三個整天是沒辦法「瀏覽」這個世界四大博物館之一的，我還記得大都會博物館是自由付款制，也就是說你可以付任何金額的錢以換取進館的別針。別針每天會有不同色彩，以區分進館日期。記得當時大都會的建議票價是五美元，十三年後則已經變成二十五美元。美是有代價的。

在館內拍照只要不使用閃光燈是被允許的，不過我並沒有花太多時間在拍照上。因為雕塑、建築文物、繪畫……都太吸引我，要拍攝這些展品倒不如直接購買有附上作品資訊的手冊。我記得自己在塞克勒廳（Sackler）中待了很久，因為那裡收藏了大量從中國山西割下的佛頭，或是殘缺的佛像，還有整面牆展示的「廣勝寺宋元壁畫」。這些因為戰爭、掠奪、盜賣而來到西方的佛像，似乎不再是羅漢、菩薩、佛陀，而更像是人類文物長廊上的寂寞擺飾。幾乎無一完整的身軀，身處異國的空間，令人驚嘆的人類工藝仍然讓祂們保有些微的莊嚴感。

博物館是人類創造出來的，最特殊的時間與繆思的居室，「Museum」就是源於希臘語的繆思「Μουσαι」。隨著人類歷史愈長，館藏漸漸增多，大型博物館增建的部門又使它像一個時間迷宮。這座歷經百年整建的建築，光是展覽室就有數百個，展覽室貼著展覽室，有時候循著自己的習慣瀏覽方向看到最後，卻轉進另一個文化截然不同的視覺空間。埃及文

吳明益，紐約大都會博物館，2000

物、古希臘文明、歐洲繪畫、現代攝影，在你面前如賦鋪排。

我還記得那年走到樓上的日本藝術展覽室時，和式的房間裡，幾個觀眾以跪坐的方式，感受著房內的氛圍，可能是錯覺或是什麼的，隱隱可聞流水潤石之聲。我在一幅日本桃山藝術時期（Momoyama）的障屏畫前停留許久。桃山時代的藝術就是以障屏畫（shōheiga）知名，畫家狩野永德[2]應織田信長之邀，畫下了大量使用金箔為底色的作品，成了桃山時代藝術的主要風格。在織田信長和豐臣秀吉的新幕府時代，這種氣勢逼人、豪奢的畫風據說非常受豪門的喜愛。也因為這樣，狩野派的畫風被認為擺脫了佛畫或中國畫的影響，建立了日本美學的畫風。

吸引我注意的那幅障屏畫，畫面雖然是以一群動態的鳥為主體，設色卻收斂平穩，可能是因為鳥是黑色的緣故。解說裡提到畫中之鳥是Mynah Birds（八哥之類的鳥），共有一百二十隻，沒有兩隻鳥的眼神是相同的。我比較好奇的是，畫裡的八哥鳥的飛行姿勢並不準確，因為八哥鳥飛行時翅膀的翼角和整個翼面並不會呈現明顯的曲線，但畫中的鳥卻很像隼在獵食俯衝時的翅膀形狀。想來也不意外，在攝影術還未出現的時代，以人類的動態視覺來說，畫家很難準確抓住鳥類飛行的姿勢。

日本藝術的展示廳旁，有一扇窗可以瞭望大廳，意外地，我在那裡停留得比任何一件作品都久。透過巨大的斜面玻璃，正好可以看到中央公園，外邊是零下十幾度的低溫，白色的雪景彷彿就要把寒意滲透到建築裡面來。建築內一側展示的是將近兩千五百年前的埃及古墓，另一側則是據說象徵文明之河的水池。許多人在這樣一邊溫暖，一邊冰冷，一邊此刻，一邊千年的畫面裡移動。那瞬間我覺得心臟像被一塊布擦拭過去似地感覺至今栩栩，那畫面像是剛剛一路走在這座人類技藝的時間迷宮裡的隱喻：我以為那一刻，比斷頭佛像、障屏畫、羅馬石柱……都還要接近美。

3

研究所時我修習了一門稱為「西方美學概論」的課，課中有一次教授給了個非正式的小作業，他要我們條列出五項自己認為關於美的內容。我當時的答案簡單，回想起來卻很有意思，這是增補以後的版本：

（1）納瓦霍印第安人認為，銀河是草原狼從世界「第一個男人」和「第一個女人」那裡偷麵包時，麵包屑掉落天空形成的。

（2）X光一開始被發現時，被拿來當成是馬戲團的表演工具。

（3）阿波羅十七號的太空人哈里遜・施密特（Harrison H. Schmitt）說：「那顆漂浮著古老生命之筏的藍色脆弱星球，即使當人類航行到太陽系的更遠處，仍將永遠是人類的家園。」

（4）亨利・柏格森（Henri Bergson）把時間區分為兩種：一種由鐘錶度量的，就是所謂科學的時間。另一種則是通過直覺體驗到的時間，他把它叫作「綿延」（durée）。在科學的時間中，各部分處於均勻、相互分離的狀態，而綿延則如河水一樣川流不息，各個時間階段互相滲透、交融，並流淌成一個不可分的、變動不居的運動過程。柏格森認為綿延是唯一的實際存在，而科學的時間只是抽象的幻覺。柏格森又提出，人的記憶也分為兩種：習慣記憶與真實記憶。習慣記憶全憑大腦功能來運作，而真實記憶是精神活動，它如同滾雪球，通過形象把過去的經驗全部保存下來，並不依靠大腦。

（5）木末芙蓉花，山中發紅萼，澗戶寂無人，紛紛開且落。

4

修習「西方美學概論」的時候，我正著迷於中國古典詩歌裡的「神韻」傳統。神韻這個系統的詩論，一般來說的代表人物是唐代的司空圖、宋代的嚴羽，發揚光大的則是清代的大詩人王漁洋。司空圖的《二十四詩品》是一部很迷人的著作，它建立了中國詩學裡很接近於西方「風格學」（Stylistics）的看法。司空圖這二十四詩品分別是「雄渾、沖澹、纖穠、沉著、高古、典雅、洗煉、勁健、綺麗、自然、含蓄、豪放、精神、縝密、疏野、清奇、委曲、實境、悲慨、形容、超詣、飄逸、曠達、流動」，各以一首十二句的四言詩來陳述。這些美學品味顯然和西方很不相同，最知名的當是「含蓄」一品中的「不著一字，盡得風流」。在某些詩人眼中，這幾乎是中國詩美學的最高標準。

我以為這是柏拉圖「美是細部之間的和諧與比例，美是光輝壯麗」的細膩版、補充版。這些美學風格並不是在同一個層次上，甚至在價值判斷上也有不同。比方說，我當時的研究對象王漁洋，就獨鍾「沖澹」的「遇之匪深，即之愈稀」、「自然」的「俯拾即是，不取諸鄰」、「清奇」的「神出古異，澹不可收」（《帶經堂詩話》），這樣的風格。

我在回答的最後一條所寫的，是被視為神韻詩極高成就的王維的〈辛夷塢〉，因為這首詩好背，當時閱讀有限的我，把它拿來當各種考試的萬用詩例。後來因為研究神韻說，對日本美學裡的「物哀」（もののあはれ、もののあわれ、物の哀れ，mono no aware）、「空寂」（侘び，wabi）、「閑寂」（さび，sabi）也特別有感覺。因為不懂日文，可能無法準確體會這三個詞的美學意境，但「物哀」這個詞一直非常吸引我。

物哀是大約日本「平安時代」[3]發展出來的美學風格，根據一些論述的闡釋，這個詞並非文字直譯的關於「物的哀傷」，而較近於「物的各種精神情感」這樣的意思。感受的主體當然是人，因此或許也可以說，物哀指的是人所體會到的萬物深處的精神情感。

關於物哀的形成與意涵，就和「美」一樣，它的迷人就在於它的複義與多義。在一開始翻譯成中文的時候，也有像「感物」、「物感」、「感物興嘆」等不同的譯法。而在日文字典裡，物哀的解釋多半用「深沉」、「細微」、「無以名之」的傷感來表現。這讓我想起神韻美學解釋了數百年，直到最後還是不如「不著一字，盡得風流」類似公案式的話語來得通透。詩句若能不直接指涉、不直接評論那些微妙深沉的人類情感，卻又能讓讀者在瞬間彷彿感受到一種情感的流動，或許庶幾近之了。

建立物哀美學的江戶時代的國學家本居宣長，本來是為了要擺脫日本文化太受中國式語彙的影響，才想透過日本獨特美學的建立來呈現民族性格。他認為中國式的美學評論，雜揉了太多的道德觀念（我想他沒有看到神韻詩派的說法）。在他解釋下的「物哀」，是超越善惡與倫理判斷，對生命、自然、人世的一份敏感。在本居的評價裡，世界第一部長篇小說，紫式部的《源氏物語》就是「物哀」美學的巔峰。這部敘事時間長達四代王朝八十多年的巨著，描寫了日本遊宴、歌舞、拜神、競畫的文化情境，故事裡超過四百個人物登場，書中許多美麗的女性都殉身於沒有歸宿、不倫與充滿感傷的愛情裡。在流轉的敘事寫景中，「物哀」一詞出現了十三次。用本居的話來說，《源式物語》有讓讀者「知物哀」的魅力。

對我來說，物哀是一種「陰性」美學，「神韻」也是，它們都強調一種難以測度的直覺力量，也強調一種即景即物時，瞬間出現的「靈視」——人們在某一刻發現了「鳥啼花落，皆與神通」（袁枚語）。

5

如果我們拿起一部相機，夜裡爬上一棟高樓的陽台，對準一個十字路口拍攝，畫面將取決於你的曝光時間。正如你想像的，從不足曝光的黑照片，漸漸拉長曝光時間，我們終將獲得一些彷彿波浪線條的照片，一張光所編織成的網。而當曝光時間愈長，這張網必然就愈密，直到相紙充滿光而變成一片花白。

而倘若我們拿起一只花瓶，在高空中為它拍一張曝光數百萬年的照片，你將會看到高嶺土漸漸加工成瓷器的人類痕跡與過程，那是一只花瓶作為一種物質的形成和消亡的歷史。就像波赫士筆下那位記憶力驚人的富內斯，斟一杯葡萄酒給他時他會看到一棵葡萄樹。

攝影很像是表現梅洛龐蒂（Maurice Merleau-Ponty）[4]所說的「感通」（telepathy）的工具，它似乎展示了我們身體的繁複感官，一種「靈視」。

某一年我走在島嶼西南部冬季海邊，看到一整排乾涸的漁塭，底層露出一個一個微微凹陷的洞穴，遠望過去彷彿某個星球的表面。一些早已乾死的魚躺在其中。當時我並不知道那是因為魚為了取暖，而在底層泥土擺尾所造成的地形。我將鏡頭靠近一尾沒有被拾走的死

吳明益，嘉義，1995

吳明益，台中，1994

魚，按下快門。在那道空無一人的海岸，面對鏡頭裡那個彷彿異世界的景象，不知為何，我被一種像是「野鴨在雨中從沼澤上振翅飛過」的微妙情感打動。

另一回，我在部隊放假時到台中棒球場看職棒比賽，比賽的隊伍我完全忘了，也不知道什麼原因提前離開了球場。在離開球場的那一刻，我很自然地回頭望了一眼。破舊的球場門面，矗立的燈柱，幾個靠著燈柱看球的人，微微落下的細雨，竟爾產生一種無物既存的光輝感。那一刻我好像感覺到某種啟示，我的人生就快要走到另一個階段了。

更多的時候是走在野地裡，拍著那些多數人並不在意的昆蟲時，彷彿看到聲音，聽到影像。就像布列松所說過的那句禪味十足的話語：「射手與箭靶並非對立的兩件事，而是同一個現實。」

無論是感通、靈視、神韻或物哀，都非常強調一種氛圍與臨場經驗。它原本應該是難以言傳的，卻被一些藝術家的作品，成功地轉移到觀看者／讀者的身上了。

包浩斯學院的藝術家摩荷里—納吉（László Moholy-Nagy）[5]，早在一九二三年就預言，攝影的知識將和文字書寫一樣重要，不會使用相機的人終將成「文盲」。不過我在一九八九年獲得第一台相機之時，還以為自己掌握到了什麼別人無法窺見的技術或祕密。我還記得同學們在講「進暗房」這句話的時候，都充滿了一種莫名的驕傲感。你得排隊、得先預約，控制暗房登記的學長像是擁有極大的權力。

當時我們並不曉得那麼快，多數人不但都有了一台以上的拍照工具，而且也不用再進暗房洗照片了。他們使用軟體調整檔案，熟知的是「DTP」（Desktop Publishing）的作業。至此「暗房」的作業轉到「明室」，成為數位光影。

過去我們說「洗」照片，但現在我們送去殘存的照相館、便利商店或在自己的印表機前「印」照片。印，就跟「印」報紙一樣，而不是像把妳的唇「印」在我的唇上那樣。但「洗」照片可不同，我回想起多年以前看著黑白的手工印樣，把眼睛湊上放大鏡，反覆思慮應該「洗」哪一張的時候，就彷彿照片是一頭容易感冒，應該謹慎照顧的小動物。

直到現在我都還懷念開著紅燈計算放大機曝光時間的暗房時代。學校的暗房是一個大房間，然後隔成以ㄇ字型圍繞的數間小暗房。小暗房的中間有一處像是曬衣場的空間，立了鐵架綁上幾條細線，你得把洗好的照片像晾衣服一樣晾在上頭，它就像一處黑暗的相片展示場。而洗壞的照片，我們則趁著它還濕濕的時候，隨手貼在顯影槽的牆上。如此年復一年，那間暗房的牆上遂貼滿了失敗的作品。

這些年來，偶爾我伏案寫小說時，腦中會出現那間浮動紅色流光的暗房，因為那是我年輕時活生生看過的一間時間的居所。這麼多年來，我在寫作之餘仍然沒有讓我的相機在防潮箱裡睡眠，就是因為它是能夠讓我離開書桌，走到現場的一種誘惑。我始終害怕自己成為一個空想者，以為可以在文字裡解決一切事物，卻忘了生活本身。是相機打開著我的生活，讓我去街頭想像另一些人的生活，到林道裡想像另一些生命的生活，打開電子相簿後質疑自己的生活。

或許我的照片仍稱不上是作品，但它總能讓我找回被現實磨損的感情衝動，那些場所、生物、風景與時光的一瞬，就像戴維斯（Miles Davis）的小號定義了什麼叫做藍調，它們對我定義了什麼是美。某一刻我似乎清楚、洞悉了美是什麼，但下一刻又回到「我不知道那是什麼」（je ne sais quoi）的懵懵無知裡。

啊，我曾經點燃火柴。直到此刻，我的姆指和食指，都還因火光逼近而灼熱燒痛。

1 戈馬克・麥卡錫（1933-）是被視為海明威與福克納後繼者的美國小說家、劇作家。他的風格多樣，曾獲普立茲獎、美國國家圖書獎。他的《血色子午線》（*Blood Meridian*）被評為是上個世紀百大小說之一。

2 狩野永德（1543-1590）是日本戰國時代著名畫師，他在織田信長與豐臣秀吉的時代都很受重用，擅長畫障屏畫。他曾先後主持安土城、聚樂第、天瑞寺等地方的障壁畫、藻井畫的繪製工作。由於風格華麗，追隨者眾多，被稱為「狩野派」。著名作品有「唐獅子屏風」等。

3 平安時代指的是從西元七九四年桓武天皇將首都從長岡京移到平安京（現在的京都）開始，到一一九二年源賴朝建立鎌倉幕府獨攬大權為止。平安時代之前是「奈良時代」，之後則是「鎌倉時代」。平安時代是日本文學很重要的高峰期。

4 莫里斯・梅洛龐蒂（1908-1961）是法國哲學家。他的學說建立在胡塞爾的現象學的修正上，著重於研究身體的知覺和語言。他也很強調視覺與心靈之間的關係，認為觀看不一定透過視覺，而是身體全部知覺的綜合作用。

5 拉士羅・摩荷里—納吉（1895-1946）是匈牙利畫家、攝影師，包浩斯學院的重要教授。他整合了設計與產業，並在攝影上影響了解構主義。

那年我甫從大都會博物館壯美的藝術品中離開，復於走下博物館的階梯時遇見美：一個吹笛人正在迷惑兩個孩子。

吳明益，紐約大都會博物館，2000

後記／

# 生於火，浮於光

攝影，並不是為了「拍攝」。請忘記攝影這件事，到草原上仰望終日的白雲吧。

／福原信三〈攝影道〉，收錄於《朝日相機》，一九二六

紐約現代藝術博物館（MoMA）收藏著幾幅印象派知名的作品，其中最吸引我的不是莫內，而是秀拉（Georges-Pierre Seurat）。藝評家發現，早期秀拉的作品，可以說是融合林布蘭（Rembrandt）、庫爾貝（Gustave Courbet）、德拉克洛瓦（Eugéne Delacroix）、哥雅（Francisco José de Goya）、米勒（Jean-François Millet）、柯洛（Camille Corot）的「混合風格」。而影響他最大的林布蘭與哥雅，都是知名的光的捕捉者。

一八八〇年代，秀拉在巴黎的畫室開始試作點描畫作、墜入愛河，並且進入創作的黃金期。一八八六年的時候秀拉到塞納河口的翁弗勒（Honfleur），藉此「清洗工作室的光」（wash the light of the studio）。他畫了一幅黃昏時的河畔風景，用了至少二十五種顏色的點去構成

視覺效果，這幅被命名為〈黃昏〉（Evening）的作品，秀拉後來為它裝上了原木畫框，並且繼續在畫框上畫上光點。

二〇〇〇年時我到MoMA，就站在這幅畫前面，側著頭仔細看著畫框上秀拉毫無節制的光點；十三年後，我因為參加法蘭克福書展與多倫多作家節期間的空檔再次來到紐約，恰是《浮光》這本書的初稿完成的時分，我再次站在這幅畫前面。已重新整修過的MoMA參觀人潮洶湧，我卻能感受到夜色緩緩籠罩之前的餘光。

秀拉原本的才能，至多是林布蘭的追隨者。但他正好遇上了色彩學啟蒙的年代，化學家雪佛勒（Michel Eugène Chevreul）等人為研究地毯染色而鑽研色彩學，最終發表一系列分析光的理論，闡述了「色彩光輪（Color Wheel）」的「分光法（Divisionalism）」。無色的光，終於被發現裡頭含有紅、橙、黃、綠、藍、紫等色彩。

除了前行藝術家的光，愛情與科學家雪佛勒的光也啟發了秀拉，他在一八三九年所寫的《色彩調和與對比的原理》一書中談到「任何單獨的顏色都被其補色的光暈所影響」，讓秀拉想到獨立的色點也會在觀看者觀看時達到類似的，色彩將融未融之際的效果，那是夜色形成前的一瞬。對秀拉而言，那些光點本該漫溢如流水、如氣息，因此無法被框限在畫作的「窗」內。

秀拉是個早夭的天才，一八九一年他就患病而死去，彼時才三十一歲。雖然黑夜已經要來了，但愛情的出現與科學技術上的發現，讓他死前的這段時間點燃創作之火，成功地留住了那段時間的光。

我想寫一本為這二十年來結識攝影、思考攝影的書，但我不知道怎麼寫。有段時間我一直在摸索自己體內那股抽象之火，沒有那個，我無法接受自己的文字成為一本書。我沒辦法再寫一本《蝶道》，一本《家離水邊那麼近》，那些概念我已實踐過、拓荒過，我恥於重複、重述。而雖然接觸攝影至今已經二十四年，但我深知自己是一個不及格的攝影者，所以一直也無法接受自己做一本放上自己拍的照片，寫些描述拍照經過感性散文的書。

一直到寫作《複眼人》的時候，我在圖書館同時讀了一些攝影家的攝影集，並且開始閱讀攝影史。在《複眼人》印出的那天晚上，我因為一個包圍環保署的跨夜行動，重新感受到街頭的故事性。我於是開始長時間步行西門町與萬華街頭拍照，一晃眼兩年過去了。這兩年多除去白天，我至少有超過三十個整夜在街頭露宿或者步行的經驗，我因此看到了一個屬於這個城市，或我自己的暗面的世界。

我曾跟著一位挑著扁擔，兩頭裝滿保麗龍箱與塑膠箱的中年人後頭，兩個小時後他第一次被叫喚停下，我才知道他是從遠方挑魚來賣的漁販。在黑夜最深的時分，運送豬肉的商販將豬隻屍體，從小發財車中一具一具揹下來，我知道他扛著一個我看不見的家庭生計。在最後一家商店拉下鐵門的時分，一對回收紙箱的夫妻準時踩著三輪車出現。而夏夜的天橋上，才跟我聊完天的遊民隨即躺下，面對不見星空的台北黑夜進入睡眠。另一個日子的下午，我發現整個公園的遊民都拿出他們唯一的家當排隊（最多的是垃圾桶撿來的廉價雨傘）。我跟著一起排隊，直到發現那是某個宗教團體來發晚餐便當。過了一陣子這個現象消失，我聽說是居民反應遊民吃完便當總是亂丟，因而請市議員去施壓送便當的團體不得再送。一個月後，我在凌晨兩點發現遊民主動排起隊來，領取改成深夜發送的便當。一個一個面無生氣、衣衫襤褸的遊民熬夜排著長長的隊，我無法舉起相機將那樣的景色拍下來。

但我確實重新讓相機不只朝向蝴蝶、山林、溪流與海洋了，我拍那些壞掉的鐵門、路上走動的陌生人或街頭的小販，藉以呼應的是約翰．伯格、馬克思或契訶夫；藉以呼應的是百無聊賴的人生、罹患疾病的世界和無法理解的存在於心的某處的痛苦。於是，寫作這本書的最初之火微小而明確地被點燃了。

在寫《複眼人》的時候，我在後記的標題裡，引用了愛爾蘭詩人葉慈（W. B. Yeats）的一首詩〈給與我傾談向火的人〉。詩裡頭有一句我極為喜愛，楊牧將它譯為「翼疊翼，光覆光」（wing above wing, flame above flame）。寫這本書的時候，我幾乎以為，所有的動人照片，

上：深夜背著豬隻進市場的男子。吳明益，萬華，2012

右下：挑魚到夜市販售的男子。吳明益，萬華，2012

左下：店家打烊後騎著三輪車收紙板的夫婦。吳明益，萬華，2013

上：與我聊天後隨即睡在天橋上的男子。吳明益，萬華，2013

右下：以家當排隊等待領便當。吳明益，萬華，2012

左下：我總是在最後一個夜市攤販收工的時分開始漫遊。吳明益，萬華，2012

都可以用這句詩句當成註腳；又想到或許，攝影與文字，都可以說是一種生於火、浮於光的技術與藝術。

在這本書完成的過程裡，我最常停留的是離我的出生地很近的「國家圖書館藝術暨視聽資料中心」。這間小小的，很少有人出入的圖書館，提供了我思考與閱讀的養分。而我總在思考疲乏之際，開始步行拍照，或到一旁巷子裡的老字號麵店，吃一碗只用醬油和醋調味的乾麵。

我因此也將這段時間閱讀的相關書籍，列在書後。一方面給讀者還可以延伸的閱讀地圖，另一方面也是我們得隨時提醒自己，關於知識與創作得有必要的自覺與謙卑——任何思考與文字皆有來源，人文藝術與研究不會發現什麼新的東西，我們只是僅僅發現曾經為人所知，後來被人遺忘的物事而已。台灣的散文或非虛構文學的作者很少這麼做，可能是覺得不必要，也可能是出版社怕嚇走讀者，怕讀者誤以為是一本學術書籍。當然，也有可能是作者有時不免想隱藏自己的知識來源，以表現自己的獨創性。

對我而言，這份書單非常必要，希望讀者也能從中獲益。至於後面那點，我向來以為，做為一個平凡的書寫者，所有的書寫都受自己閱讀的內容而改變。把那個影響的源頭說清楚，我以為這是對自己、對文字的基本要求。如果讀者發現我刻意以某位作者的行文筆調表現或引述，至少知道，在漫漫的文字長河裡，我本向來受其他作者的點滴恩惠。

除此之外，這本書的完成，我得謝謝最早答應出版的出版社編輯、協助看稿的奕君，以及後來全力協助我的新經典團隊，包括葉美瑤總編、心愉，和極有耐心的美術編輯佳穎。還要特別謝謝幫助我取得所有國外照片授權的暐婷，不厭其煩地處理合約問題，讓這些偉大作品能在這本書裡出現。當然，還有每次都以嚴謹的態度，為我找出書中無數矛盾與錯誤的M，我有時甚至不敢相信，自己的初稿竟會有那麼多的缺陷。

而打開這本書的讀者，你們也是支持我一直拓展書寫荒原、持續寫作的火燄，沒有你們，我的任何一本書都不會有一點微光。

附錄／參考書目


余思穎等編輯，《時代之眼：臺灣百年身影》，初版，台北：臺北市立美術館，二〇一一年四月。

吳忠維，《揮手的姿勢 看・不見・張照堂》，初版，台北：時報文化，二〇〇〇年十二月。

阮義忠，《當代攝影大師—二十位人性的見證者》，三版，台北：雄獅圖書，一九八九年八月。

阮義忠，《當代攝影新銳—十七位影像新生代》，再版，台北：雄獅圖書，一九八九年三月。

張照堂主編，《看見淡水河》，再版，台北：台北縣立文化中心，一九九四年十二月。

郭力昕，《再寫攝影》，初版，台北：田園城市，二〇一三年十月。

郭力昕，《書寫攝影》，初版，台北：元尊文化，一九九八年一月。

陳傳興，《銀鹽熱》，初版，台北：行人出版社，二〇〇九年二月。

鄭意萱，《攝影藝術簡史》，初版，台北：時報文化，二〇〇七年六月。

《永恆的剎那：國家地理攝影精粹》（*Through the Lens: National Geographic Greatest Photographs*），李俊忠譯，初板，台北：秋雨文化，二〇〇三年八月。

小崎哲哉 & Think the Earth Project，《百年愚行》（*One Hundred Years of Idiocy*），初版，台北：先覺出版，二〇〇四年一月。

文・溫德斯（Wim Wenders），《一次》（*Einmal*），崔嶠、呂晉譯，台北市：田園城市，二〇〇五年五月。

加斯東・巴舍拉（Caston Bachelard），《空間詩學》（*La poétique de l'espace*），龔卓軍、王靜慧譯，初版，台北：張老師文化，二〇〇三年八月。

卡洛琳・雅麗珊德（Caroline Alexander），《極地》（*The Endurance: Shackleton's Legendary Antarctic Expedition*），游敏譯，初版，台北：大塊文化，二〇〇〇年九月。

伊安・傑夫里（Ian Jeffrey），《攝影簡史》（*Photography : A Concise History*），北京：三聯書店，二〇〇二年十二月。

安伯托・艾可（Umberto Eco），《美的歷史》（*History of Beauty*），初版，彭淮棟譯，台北：聯經出版，二〇〇六年五月。

安伯托・艾可（Umberto Eco），《醜的歷史》（*History of Ugliness*），初版，彭淮棟譯，台北：聯經出版，二〇〇八年十月。

安瑟・亞當斯（Ansel Adams），《光與影的一生：安瑟・亞當斯回憶錄》（*Ansel Adams: An Autobiography*），台北：允晨文化，一九九九年十月。

利茲・威爾（Liz Wells），《攝影學批判導讀》（*Photography : A Critical Introduction*），鄭玉菁譯，初版，台北：韋伯文化，二〇〇五年四月。

李維・史特勞斯（Claude Lévi-Strauss），《憂鬱的熱帶》（*Tristes Tropiques*），王志明譯，初版八刷，二〇〇四年二月。

舍伍德・安德森（Sherwood Anderson），《小城畸人》（*Winesburg, Ohio*），初版，吳岩譯，台北：遠流出版，二〇〇六年十一月。

金森修，《巴什拉：科學與詩》，武青豔、包國光譯，石家庄：河北教育出版社，二〇〇二年一月。

珍古德與菲利浦・柏曼（Jane Goodall & Phillip Berman），《希望——珍古德自傳》（*Reason for Hope : A Spiritual Journey*），初版，孟祥森譯，台北：星月書屋，一九九九年十月。

約翰・伯格（John Berger），《另一種影像敘事》（*Another Way of Telling*），二版五刷，張世倫譯，台北：臉譜出版社，二〇一〇年九月。

約翰・伯格（John Berger），《我們在此相遇》（*Here Is Where We Meet*），吳莉君譯，初版，二〇〇八年三月，台北：麥田出版社。

約翰・伯格（John Berger），《觀看的方式》（*The Sense of Sight*），初版，吳莉君譯，二〇一〇年八月。

唐・麥庫林（Don McCullin），《不合理的行為》（*Unreasonable Behaviour : An Autobiography*），初版，李文吉譯，二〇〇八年四月。

夏洛蒂・柯頓（Charlotte Cotton），《這就是當代攝影》（*The Photograph as Contemporary Art*），初版，台北：大家出版社，二〇一一年七月。

泰瑞・貝瑞德（Terry Barrett），《攝影評論學》（*Criticizing Photographs : An Introduction to Understanding Images*），陳敬寶譯，初版，台北：影像視覺藝術有限公司。

班雅明等，《上帝的眼睛——攝影的哲學》，初版，北京：中國人民大學出版社。

麥可・葛詹尼加（Michael S. Gazzaniga），《大腦、演化、人：是什麼關鍵，造就如此奇妙的人類？》（*Human: The Science behind What Makes Us Unique*），初版，鍾沛君譯，台北：貓頭鷹出版，二〇一一年四月。

傑夫・代爾（Geoff Dyer），《持續進行的瞬間》（*The Ongoing Moment*），初版，台北：麥田，二〇一三年八月。

傑瑞・貝傑（Gerry Badger），《攝影的精神》（*The Genius of Photography*），初版，台北：大家出版，二〇一二年一月。

森山大道，《犬の記憶》，初版，廖慧淑譯，台北：商周出版社，二〇〇九年九月。

森山大道，《晝的學校　夜的學校》，初版，廖慧淑譯，台北：商周出版社，二〇一〇年六月。

飯澤耕太郎等，《寫真物語》（上・下），黃亞紀編譯，初版，台北：亦安工作室，二〇一二年十二月。

愛德華・威爾森（Edward O. Wilson），《論人的天性》（*On Human Nature*），初版，林和生等譯，台北：遠流出版，一九九〇年五月十六日。

瑞爾・高登（Reuel Golden），《目擊的力量：新聞攝影一五〇年》（*Photojournalism: 150 Years of Outstanding Press Photography*），鐘聖雄・莊璧綺譯，初版，台北：城邦文化，二〇一二年九月。

羅蘭・巴特（Roland Barthes），《明室・攝影札記》（*La Chambre Claire*），修訂版，許綺玲譯，台北：台灣攝影工作室，一九九七年十二月。

Benjamin,"The Paris of the Second Empire in Baudelaire" in Charles Baudelaire: *A Lyric Poet in the Era of High Capitalism*, London: Verso, 1985.

Clarke, Graham. *The Photograph*, New York: Oxford University Press, 1997.

Hambourg, Maria Morris, *The New Vision: Photography Between the World Wars*, New York: The Metropolitan Museum of Art, 1989.

Haworth-Booth, Mark.(ed.) *The Golden Age of British Photography 1839-1900*, Philadelphia: Aperture, 1985.

Hirsch, Robert. *Exploring Colour Photography: A Complete Guide*, London: Laurence King publishing Ltd, 2005.

Jeffrey, Ian. *Photography: A Concise History*, London: Thames and Hudson, 1981.

Lassam, Robert. *Fox Talbot, Photographer*, Dorset: Compton Press Ltd, 1979.

Rosenblum, Naomi. *A World History of Photography*, 4th edition . New York: Abbeville Press, 2008.

Scarry, Elaine. *On Beauty and Being Just*, Reprint edition, Princeton: Princeton University Press, 2001.

Shiras, 3d. George. *Hunting wild life with camera and flashlight, a record of sixty-five years' visits to the woods and waters of North America*. Washington: National Geographic Society , 1936.

Travis, David. Edward Weston: *The Last Years in Carmel*, Chicago: Art Institute of Chicago, 2001.

Travis, David. *Paris: Photographs From a Time That Was*, Chicago: Art Institute of Chicago, 2005.

Tulving E."Episodoc memory and autonoesis: Uniquely human? " In Terrace, H.S., and Metcalfe, J.(eds.), *The Missing Link in Cognition* (pp.3-56). New York: Oxford University Press, 2005.

文學森林 LF0041

# 浮光

Above Flame

作者
吳明益

現任東華大學華文文學系教授。有時寫作、畫圖、攝影、旅行、談論文學，副業是文學研究。

著有散文《迷蝶誌》、《蝶道》、《家離水邊那麼近》，短篇小說《本日公休》、《虎爺》、《天橋上的魔術師》，長篇小說《睡眠的航線》、《複眼人》，論文「以書寫解放自然系列」三冊。另編有《臺灣自然寫作選》，並與吳晟合編《溼地・石化・島嶼想像》。

曾四度獲《中國時報》「開卷」年度十大好書、《亞洲週刊》年度十大中文小說、台北國際書展小說大獎、金石堂年度最有影響力的書、博客來華文創作年度之最、《聯合報》小說大獎等等。作品售出英、美、法、日多國版權。

封面設計 吳明益
版面構成 謝佳穎
編輯協力 黃暐婷
校對 陳孟蘋
行銷企劃 詹修蘋
版權負責 陳柏昌
副總編輯 梁心愉

初版一刷 二〇一四年一月六日
初版八刷 二〇一九年十二月二十七日
定價 新台幣三八〇元

ThinKingDom 新経典文化
發行人 葉美瑤
出版 新經典圖文傳播有限公司
地址 臺北市中正區重慶南路一段五七號一一樓之四
電話 02-2331-1830 傳真 02-2331-1831
讀者服務信箱 thinkingdomtw@gmail.com
部落格 http://blog.roodo.com/thinkingdom

總經銷 高寶書版集團
地址 臺北市內湖區洲子街八八號三樓
電話 02-2799-2788 傳真 02-2799-0909
海外總經銷 時報文化出版企業股份有限公司
地址 桃園市龜山區萬壽路二段三五一號
電話 02-2306-6842 傳真 02-2304-9301



浮光 / 吳明益作 -- 初版. -- 臺北市：新經典圖文傳播, 2014.01
面；14.8x21公分. --（文學森林；LF0041）
ISBN 978-986-5824-15-0（平裝）

855 102025340